往往可見
匠意之所在。
我城遺美，
難離難捨，
想抱緊些，
願能一一記錄。

U0061954

酒家

目錄

輯三 日常起居

輯四 出行娛樂

自序

懷緬過去常陶醉，近年本地老店前所未有地在鎂光燈下發熱發亮，未許是新不如舊，古老卻已是時興。時代善忘，為免民間智慧散失，歷史湮沒無聞，老店風光隨人事散，舊日風物一去不返，遂記錄店舖的人情故事，聊以相片及文字，錄存尚在營業的老店；而已結業的老店，亦留一點後綴，以誌相思。

生於斯，長於斯，感情所繫，書中都是圍繞筆者生活日常的店舖，原來故事就在身邊，街道的尋常風景，往往可見匠意之所在。我城遺美，難離難捨，想抱緊些，願能一一記錄。本書四個章節，尋訪廿五間老店，透過口述歷史輔以歷史查考，各按題材略予整理。年長讀者可追憶從前，年輕讀者可追溯往昔，窺探上世紀的老店遺風和歷史源流。

行外人訪行內人，浮光掠影的店舖故事，由經得起時代挑戰的一個個守業人，念念不忘地細說從頭。時光淬煉，不少守着家業老字號的店主，一生只做一件事，數十年來沉着應對行業的起伏跌宕。世道縱常變，一門傳統手藝世代相傳，不因環境的順逆而改變，活出庶民百姓不亢不卑的尊嚴，也盡見對前人的思念與深情。

香港有不少非物質文化遺產項目，民間智慧口耳相傳，這些前人的生活經驗的累積，是一地的歷史文化載體，即使表列名錄亦難以盡錄。香港東西薈萃，集各家之大成。書內多為本地非物質文化遺產項目，亦不乏來自異地的非物質文化遺產項目，尚有少量傳統技藝盼可於不久將來列入名錄。

歲月推移，隨着時代變化，老店的經營模式不斷破舊立新，傳統手藝被慢慢淘汰。唯願文字不朽，前事不忘，成後事之師。正值香港多事之秋，疫境期間，百業蕭條。循記憶重遊舊地，不少老店已焉逝，摸過不少門釘，潦草成篇，實情非得已。

香港老店故事得以成書，有賴香港出版總會主辦、香港特別行政區政府「創意香港」贊助的「想創你未來——初創作家出版資助計劃」的全力扶持、評審主席關永圻先生不吝指教，以及非凡出版提攜舉薦、編輯朱嘉敏小姐仔細校閱、曦成製本精心設計。各種助緣，感激不已。余性好閑逸，是次筆耕成書，有賴各方鞭策，補缺扶圓，振作為文。文章若有錯字衍文，未盡其意之處，責任當歸於己。若蒙讀者不棄，定會不懈地尋訪深巷老店，記錄香港遺美。

林曉敏

輯一

衣飾儀容

別出心裁 為她人做花衣裳

美華時裝

上環皇后大道西 88 號

位於上環的美華時裝，開業於上世紀二十年代，店名美華，一襲旗袍穿出美麗好韶華。百年以後的今日，已是香港歷史久遠的旗袍店之一。

日夜為客人度身裁衣的老闆簡漢榮，家中三代都是旗袍師傅。百年以前，爺爺已在上環開舖，簡氏一家是廣府人，聘請了不少由上海南來香港的裁縫師傅，生意高峰時期店內曾擠滿了三十多位師傅。上海人講究面子，互相較量手藝，得到稱許後，衣服做得越來越好。如今人去樓空，隨着師傅老去，新入行的年輕人學藝未精，手藝逐漸式微。除簡師傅以外只剩下兩位師傅，一起同舟共濟。簡師傅揭着一疊厚厚的帳簿，生意應接不暇，不憂訂單，只憂不夠師傅。

美華時裝的方呎小店，保留着與數十年前

一襲麗裳搖曳生姿，表現含蓄的東方美態。

簡師傅祖母所用的鑄鐵炭火淥斗。淥貼順滑的長衫，少不了熨淥功夫。

相同的擺設和佈局，儼如把旗袍盛世封存的舊式玻璃櫥窗設計，裏面豎立着兩個套上華衣的摩登人偶。店內陳列着花花綠綠的布料，一件件色彩絢爛的旗袍如瀑布懸掛，每個衣架上都印有美華的金漆招牌，婉約雅致。店門後燈光黯黃的房間，是簡師傅長駐的小小工作室，一台舊式腳踏縫衣機，一張工作枱，還有一堆針線，昏黃的韶華彷彿就在昨日。

手執針線　傾盡一生

先敬羅衣後敬人，簡師傅一人顧店時，都會穿着一身熨得骨直的西裝，是文質彬彬的老派人。他十多歲便到店裏幫忙，太子爺初來甫到，從打雜學起，洗廁所、抹地板、熨衣服，後來拿起鉸剪造旗袍。七十年代從父親手上接手美華，正值旗袍由盛轉衰的時期。憑着對旗袍的一份執着，一把鉸剪、一把尺、一支針、一架衣車，執起手便是五十年，傾盡一輩子，成了他口中的做人情、做長情、做感情的生意。

人客如朋友，造一件旗袍得見三次面。初

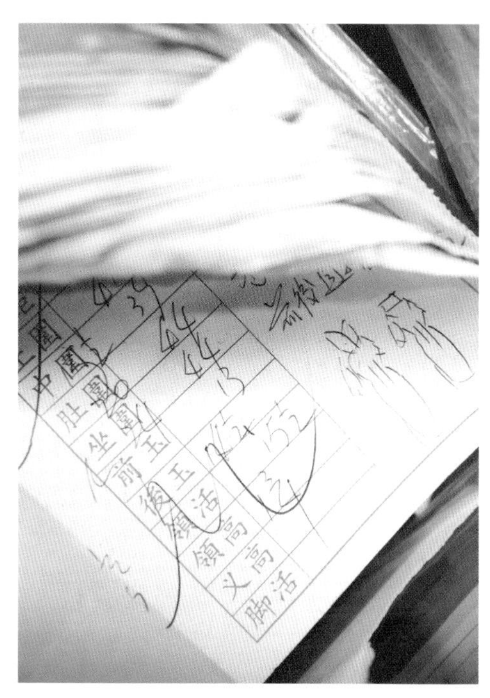

要造出一襲合身的旗袍，需要精準量度客人身材尺寸。

一列衣架上印有美華時裝的金漆招牌。

見時，人客選好布樣，先量身，再剪樣，作簡單縫合；之後人客再來試身，過後要把線步全部拆掉，從頭縫過，按需要加裏布、企領、鑲邊、花紐等；最後人客回來取造好的一襲旗袍。對簡師傅而言，有客人回頭光顧是對手藝的肯定。捧場客不絕，不論平民大眾，達官貴人也找美華造旗袍，他日衣不稱身時，終身免費包改。

旗袍曾是女士衣櫥裏必備的衣物，昔日是便服，以粗衣麻布製造；今日成經典，以綾羅綢緞細縫。布料選用嚴謹，沒有最好的布料，只有最適合的布料。簡師傅會按客人的年齡、喜好、個性，以及穿着的場合來建議選用的布料，如年輕女士可駕馭亮麗的色彩，上了年紀的選閃閃發亮的喱士款旗袍，較不顯老，外國人喜歡福綠壽、牡丹等中式花樣，日本人則喜歡皇室藍，辦喜事要搶眼釘珠布，飲宴用絲質布尊重場合，日久知人心，再難猜的女人心，簡師傅也能掌握。

旗袍以金、銀線繡上不同的圖案，如龍鳳，牡丹，孔雀等圖案，寓意吉祥。

花鈕是傳統中式盤扣手工藝，款式百變，上好的旗袍花鈕顏色與緄邊的布相同。

一針一線密密縫

造旗袍靠的是人手時間工夫，款式大同小異，分別主要見於衣領、衣襟及衣袖，領子主要分圓領、方領、鳳仙領、波浪領等，而衣襟則有直襟、圓襟、方襟、琵琶襟等。除了兩邊夾位多用衣車縫合外，上至緄邊，下至花鈕，一針一線都是人手縫製。做一件旗袍，得在案前埋首三四天，小至一粒襟前花鈕，都要扭一小時。每個位置都非常講究，可扭出壽、喜，甚至姓氏等字體，以及蝴蝶、牡丹花等花鈕圖案，五花八門。在機械化製作橫行的今天，仍保留手工藝的掌心餘溫。

女士穿上一襲貼身旗袍，窄腰短袖，高領盤扣，一舉手一投足，散發古典含蓄的東方神韻。竅妙在度身、裁縫一環，有經驗的師傅會藏拙露巧，仔細地根據客人身型做標記，再在剪裁和縫製的過程中顯美藏拙，燕瘦環肥的女士也可穿出旗袍的玲瓏浮凸之美，貼身剪裁看上去優雅端莊。從容走在路上，不緊不慢，不

除了女裝旗袍，也造男裝長衫，使用上乘的意大利布料。

一粒襟前花鈕，製作時間也不少。

舊款的美華木衣架，見證店內悠久歷史。

一匹匹花布，成了美華的花牆壁。

疾不徐，來自一份密密縫的心意。

舊時日的旗袍及長衫都是客人自攜布料度身訂造，以求衣服稱身。如今造衫師傅短缺，市面上多是成衣，或會衣不稱身。旗袍及長衫製作也受花鈕花扣及刺繡花布的製作師傅相繼退休而影響，阻礙了文化傳承。不過近年有不少新派的設計師將隆重的旗袍長衫便服化，以創新設計一改傳統的樣式。

逾半世紀的針線活，歲月催人老，年約七旬的簡師傅儘管精神抖擻，滔滔不絕地話當年，歲月的痕跡已經慢慢爬上他的面容。女客絡繹不絕的店舖，造旗袍讓他遇上一生摯愛的太太，膝下子孫卻無意繼承父輩祖業，老店奔向百年之際無人接捧。簡師傅說來拜師學藝的人不少，但全數回絕，無謂誤人子弟。他說自己的記性隨年紀漸長變差了，甚麼都要用筆記下，而時代善忘，即使面對旗袍日漸式微的命運，他依然會一絲不苟地做好一針一線。

歷史查考——

中式服裝製作技藝

衫身合一的長衫，錦上添花的花鈕，一件貼身花衣裳處處都是傳統手工藝，中式長衫和裙褂製作技藝已列入香港非物質文化遺產代表作名錄。

長衫是傳統中式服裝之一，在民國初年開始流行，可分為男裝及女裝，是舊日香港人的常服及宴會服，在香港歷史悠久。長衫製作過程繁複，是一門講究經驗、耐性和技術的手藝。

在傳統的新界宗族社會中，男裝長衫是身份象徵，在進行春秋二祭、打醮等傳統儀式時，鄉親父老均穿着長衫以表身份，具有重要的社會意義，後來被西式服裝所取代。而女裝長衫一般認為是從清朝服裝蛻變而來，又稱作旗袍。在二十年代，中國女性漸漸摒棄上衣下裙的文明新裝，穿起衣袖寬鬆的連袖長袍；至三十年代，旗袍服飾風靡上海，形制也因西化而漸趨合身，以舶來品拉鏈取代花鈕，配以嗹士質料；香港於五六十年代開始普及長衫，西方文化融入服飾之中，加上大批南來的上海裁縫以精湛的海派工藝，運用西式裁剪造出立體結構，讓長衫更貼身，甚至在細節微調，加入花鈕花扣、高領開衩、下擺收窄等，逐漸擺脫上海旗袍的影子，造就長衫在香港遍地開花的流金歲月；七十年代以後，成衣流行，長衫不再是主流服裝，但仍受不少精英階層的女性擁戴；八十年代以後，港人逐漸跟隨海峽兩岸，為長衫套用「旗袍」一詞；一度淡沒的長衫潮流在二十世紀末復甦，傳統與創新並有，中西更見融匯，塑造出香港都市女性傳統服裝的獨特面貌。除了本地製作，由於師傅人手短缺，亦有香港前舖接單，內地作後廠製作的現象。

今日的一襲長衫，見證着西方思想潮流的掀起，到辛亥革命的民主思想，再到新世紀的開放包容。在歲月沉澱下，長衫成為中華文化的載體，即使在英治下的香港，亦曾如是。

美華
時裝公司

亂世中的一代鐘師

廣生表行

深水埗大埔道 93-105 號

位於深水埗大埔道的廣生表行，在五十年代開業至今。昔日珠光寶氣，也曾槍林彈雨，櫥窗遺留刀斧子彈的械劫痕跡，幾許風雨。

年逾八旬的錶店老闆陸生，華髮已稀，連同兩個守業多年的老伙記，售罄店內僅剩的三千多隻手錶就會結業榮休。

從廣濟表行變成廣生表行，是一段老店的傳承故事。陸老闆年幼時離鄉來到香港，十多歲就學習維修鐘錶的技術，學滿師後輾轉到五十年代開業的廣濟表行工作，前東主後來專心發展塑膠生意，於八十年代將舖頭轉讓予追隨多年的伙記，即現在的陸老闆。自此之後，表行改名為廣生。

寬廣的舖面，放滿了林林總總的鐘錶，以及搖搖擺擺的旋轉鐘。店內的裝潢和櫥窗陳設

寬敞的店內除了一個個玻璃櫥櫃，牆上也有一列鏡子，增加通透空間感。

充滿七八十年代氣息。鋪的左右是舊式玻璃飾櫃，中間則是菱角飾櫃，正中置放鏡面招牌，是幾十年前的前衛店舖設計，但飾櫃玻璃已漸泛黃，不如舊日新。循着店舖盡頭步上騎樓，是閑人免進的修理服務部，只限修錶師傅專用。

雖說勞力是無止境，活着多好不需要靠物證。手錶矜貴，以前買錶求實用，現在買錶為裝飾，從計時工具變成工藝品，精品化是機械藝術的價值所在。七八十年代香港經濟起飛，不少人買錶似集郵，回歸後自由行大行其道，豪客不時一口氣買十多隻名錶。經濟幾許起跌，韶華幻變，光景盛況已不復再，近年表行人流稀少，鋪面幽靜，前來的多是舊日熟客。

手腕上的選擇

傳統手錶以機芯零件和運行動力劃分，可分機械錶、電子跳字錶和行針石英錶。

機械錶的起源可追溯至十七世紀，縱使古老但仍是最主流的錶類，約一百三十件複雜組件，有機芯只有一粒寶石的廉價粗馬錶，和寶

勞力士、帝舵表，同屬一家手錶母公司的兄弟品牌，各自各精彩。

刀過留痕，櫥窗上留下被斧頭砍過的痕跡。

石數目可達十數粒的貴價幼馬錶，造工精細；行針石英錶於六十年代末成功研製，機芯零件較少，以電池為動力，利用石英震盪原理計時，準繩度高，每年偏差不逾兩秒，但會隨年月損耗；電子跳字錶在七十年代風靡市場，美國剛登陸月球後，太空科技應用於工業生產，二極發光管和液晶體顯示電子錶先後研發成功，價廉物美，為成錶工業帶來大革命。

撫今追昔，香港的鐘錶業以維修作為起點，到配件生產，至成錶組裝，在時代巨輪上不斷精益求精。

在二十世紀初，手錶矜貴，若有損壞也不隨意丟棄，人們需要維修及更換零件，鐘錶修理服務業應運而生，師傅多是從事機械或五金出身；在三十年代，香港已有山寨錶帶廠及錶殼廠，以家庭式經營，製造配件予手錶維修之用；戰時鐘錶業一度停頓，僅餘少數二手鐘錶買賣；至戰後鐘錶配件生產商業務復甦，受益於大量內地移民來港，帶來充裕的勞動力，鐘錶業乘時崛起，轉口貿易活躍，不少人循學師

購自店內的七十年代上鍊錶，已停止行走，可到廣生換電池。

時不我與，昔日的名廠錶，成為今日的特價錶。

天梭錶的廣告詞是「時間，隨你掌控」；門外的舊區建築已幾番新。

「遲唔會遲，早唔會早，戴錶戴樂都，樣樣有分數」，樂都錶在市場已近絕跡。

除了腕錶，亦售各式旋轉時鐘。

入行；六十年代的鐘錶業成行成市，開始流水作業式生產，配合進口的歐洲機芯，成錶組裝工業如雨後春筍，機械手錶遠銷世界各地；到七十年代，石英錶和電子錶相繼面世，本地鐘錶業者自行設計及生產手錶，外銷甚至比入口多；八十年代的鐘錶業發展蓬勃，短短數年間，註冊錶廠由二百多間發展至逾千間，躍為香港第三大出口工業，香港製造的電子跳字錶大行其道，訂單應接不暇；可惜到九十年代，香港廠房北移，本地的生產線結束，僅保留設計和行政的部分，承接龐大的外國代工訂單，移交內地廠房生產，與此同時，本地的二手鐘錶市場亦應運而生，不論實體店或網店，都為珍罕手錶提供了流通的市場。鐘錶業在時代巨輪中變化轉型，也從傳統計時器搖身變為潮流飾品。

劫案頻常　遍地黃金

八九十年代，香港時常發生持槍行劫案，光天化日下悍匪橫行，省港旗兵猖獗犯案，街頭駁火。只因生活窮困，爛命一條，求財不惜搵命搏。傳說香港遍地黃金，旺角彌敦道、觀塘物華街、深水埗大埔道不少金舖表行屢屢遇劫，廣生亦沒有倖免。老職員譚生憶述當年

修理服務部的牆上，留有昔日的子彈洞，閑人不可內進。

經歷仍猶有餘悸，三名劫匪闖入店內，連轟五槍，企圖以斧頭打破櫥窗的防盜玻璃，在警鐘響起後落荒而逃。打劫也分秒必爭，奪走十多隻勞力士，匆忙間卻留下一個鐵錘。還有一次，他被偽裝客人的賊人用一把牛肉刀劈下來，險些命中要害，讓他「賣力變了賣命」。

遊絲亂、缺齒輪、斷擺尖，對於廣生表行的鐘錶匠人而言，機械鐘錶的各式維修駕輕就熟。表行現時還會為客人的手錶換電池、抹油或作小維修，但不少廠家已經倒閉或停產，舊鐘錶的零件一旦破損，或許已無法找到合適的替換。時移世易，鐘錶量產後，機械錶漸被價廉物美的電子錶，或是科技先進的智能手錶取代，人們習慣東西壞了只會丟棄換新。舊時人惜物，可以修復的都會修復，能夠惜物的人，也會惜人。感情是不斷的重修舊好，一生的修修補補。

時間向前邁進，店內數千件存貨卻似為表行倒數，當存貨賣得七七八八，就是表行光榮結業之時。萬物有時，日暮窮途，老店鋪的脈搏律動，終有一日停下節奏，雋永的是那份以時間為本業的一生鍾情。

精工唂
1-5
精工唂
6-10

老闆陸生與熟客，相知相識多年。

製錶工藝

古代中國有圭表、日晷、漏壺、沙漏、油燈鐘、五輪沙漏等計時裝置，圭表利用太陽射影的長短來判斷時間，日晷是透過立竿見影以測量時刻的天文儀器，漏壺、沙漏利用水和沙的流量計時，油燈鐘是按油燈燃燒後油量的減少而指示時間，五輪沙漏則利用流沙動力推動齒輪組轉動，時刻一到就有木人裝置擊鼓報時。水運儀象台是最早的機械鐘錶，一晝夜自轉一圈，不但可以顯示出日、月運行的規律，而且可自動報時。

時光穿梭至今，現代的時鐘設計始自十四世紀歐洲的計時儀器，演變為袋錶、掛錶和手錶等，體積漸小，越來越便攜，歐美鐘錶業的歷史長達數百年，包括機芯生產、配件生產和成錶裝配等工藝。

一隻手錶的靈魂是機芯，由齒輪及發條彈簧等機件組成，要求精密的生產技術。國際通例一般以機芯產地作為手錶產地，由於生產機芯的資金及技術條件很高，近百年來，雖有不少歐美錶廠轉至遠東以較低廉的成本生產或採購鐘錶配件，亞洲僅有少量的機芯裝嵌廠，仍以成錶裝配和配件生產為主。

精工細琢的傳統鐘錶手工藝，傳達和實踐許多美好價值。聯合國教科文組織已將瑞士和法國的製錶工藝收錄人類非物質文化遺產代表名錄，製作測量和指示時間的物件，包括手錶、時鐘、擺鐘和天文鐘等相關工藝，除了精湛的技術，源源不絕的創意，也傳遞了守時價值觀。

RHYTHM
RHYTHM SUPER SILENT
600
600
500
300

一步一生花 一花一世界

先達商店

📍 | 佐敦吳松街 150-164 號寶靈商場 1 樓 16-17 號舖

**大隱隱於市，
熙來攘往的佐敦寶靈商場，
是先達商店的立足之地。
甫步入小小店內，
似是踏入花樣年華，
琳琅滿目的各式花鞋，
連繫了繡戶一家三代人。**

昔日彌敦道約有五、六間賣繡花拖鞋的店鋪，先達也是其中之一。始於一九五八年的先達士多，原先位於彌敦道一個約三十呎唐樓樓梯底，既賣繡花鞋，也售雜貨，服務區內坊眾，故命名士多，既取自創辦人王達榮的名字，又有「達者為先」的喻意。一脈相承的老店，如今由孫女王嘉琳打理。

學無前後，達者為先，有幸遇上好的師匠傳授技藝。昔日爺爺曾跟上海師傅學刺繡，又曾在鞋廠學造本地皮鞋。師成之後，在窄小的

始於一九五八年的先達士多，原先位於彌敦道唐樓樓梯底，爺爺手抱的就是王嘉琳。

樓梯舖自立門戶，全人手一針一線作繡花鞋，白手興家。窄小的樓梯舖主要作零售，另設樓上工場，與擅長針黹改衣的嫲嫲並肩經營，以山寨廠形式一起造鞋，手足胼胝數十年，如鞋履一樣雙雙對對，結伴同行。

爺爺晚年不良於行，父親臨危受命頂上看舖，命運多舛的鞋店又無奈遇上業主收回舖位，可幸先達的故事並未完結，只加上逗號，孫女王嘉琳決意跟隨爺爺步伐，在寶靈商場重整旗鼓開新舖，專心致志只賣繡花鞋，改名先達商店，延續一門手藝。

繼承家業　推陳出新

耳濡目染，出身自繡戶之家的王嘉琳自小與繡花鞋結下不解緣。剛滿周歲，嫲嫲已為她穿上布製的「虎頭鞋」，寄意如虎健壯成長，一步一步踩着探索世界；上小學時，指頭開始靈活，嘉琳躍躍欲試地手持針線，跟嫲嫲學習針黹，學會穿針、起針等各式針法，耳濡目染之下，少小已是縫寶寶；升上中學後，力氣漸長，開始到工場跟爺爺學造鞋；大學時讀視覺傳意設計系，畢業論文以陪伴成長的繡花鞋作為研究題目，驚覺如斯美麗的繡花鞋，不應只限室內穿着，應該走出室外，於是畢業後就投身造繡花鞋，繼承爺爺衣缽，以此為一生的志業。

繡花鞋由上海的商賈家庭傳入香港，原先只供室內穿着，購買的客人多是講究品味的中產階層，家居地板潔淨，不污糟邋遢，獨自立瑤階，透寒金縷鞋；而草根階層家住舊樓，家居濕滑，多穿木屐。既講究衞生又講品味的客人，棄絹布選網面款式，曾在六十年代風行一時；不少新娘購買簇新的婚嫁大紅花鞋，繡鴛鴦、百合、十果以添喜慶，寓意新人共偕連理，穿上裙褂時更婀娜多姿；老人家買壽鞋作為「妝老」，繡以蝙蝠、壽桃，寓意福壽安康，為身後事作好打算，從頭到腳體體面面。

作為後起之繡，年輕店主銳意開拓市場，鞋款推陳出新，傳統與新潮並行，別具自我風

人靠衣裝，只看衣履，甚至一雙足履，已可知人家的貧富貴賤。

以布製成的「虎頭鞋」，寄意如虎健壯成長，踩着探索世界。

廣東式花鞋按腳型剪裁，不差分寸，左右對稱，輕柔舒適。

格。而且價錢豐儉由人，讓繡花鞋步入尋常百姓家，成為普及化的時尚單品。

一針一線　古老變時興

百貨應百客，先達鞋款之繁，讓人眼花繚亂。映入眼簾的鞋款，既有傳統之選，繁花似錦的繡花鞋，伴以各式的鳥獸蟲魚，配以織錦、金線，將刺繡成品嵌入鞋中，圖必有意，意必吉祥，充滿傳統文化的審美情趣，各花入各眼；亦有新潮之選，例如熊貓、貓頭鷹、櫻花等卡通圖案；內外兼宜的繡花鞋，有家居拖鞋，也有室外用的平跟鞋、高跟鞋、舞鞋、短靴等款式供客人選擇，加上鞋底軟墊及深坑紋的防滑膠底，着重舒適，方便長者外穿；而布料增添日本布、牛仔布、珍珠布、麻布材質，配合尼龍、彩線等改良物料，以配搭日常的服裝。為傳統款式注入潮流元素，古老變時興。

描鸞刺鳳的繡花鞋，製作工序繁複，不僅需要耐心，更要心靈手巧。小小繡履經過十多道工序，畫圖、剪樣、黏面，鞋子就成雛型；

不同時代的繡花鞋，反映着不同的審美情趣和時尚風氣。

然後配線、刺繡，綴成花紋、鞋底包邊，塗上漿糊組裝各個部件，捏實鞋底，以鎚敲打，最後將鞋子放進專用焗爐，以高溫烘烤數小時定型。扎上一針又一針彩線，縫上一片又一片的珠片，穿上一顆又一顆珠仔，分批分序製作，耗時數日方可完成。

先達商店製作的繡花鞋，以蘇繡為主，即是平面線繡，以繡針引彩線，在布帛織物繡上斑斕圖案；另外也有粵繡的工藝，即是混合刺繡的風格，既有線繡，亦有珠繡，配以彩珠、珠片，活靈活現的圖案在指尖飛舞下完成，手工精巧細緻。

款步姍姍，一雙色彩繽紛的足下繡花鞋，似是腳踏着賞心悅目的藝術品。除了是一門造鞋手藝，也是刺繡工藝的完美結合，融合造鞋者的藝術修養與才情。在時代洪流下，願能遇上惜花者，能走多遠走多遠。

鞋履製作技藝

古代婦女熱衷女紅，繡花鞋是中國傳統的手工藝，一直隨着紡織技術而發展，也應社會風俗而變化。

繡花鞋的歷史可上溯至春秋戰國時期，鞋履形態質樸；至秦漢時期走向華麗，一雙鞋子可見地位等級之分；魏晉南北朝時期，絲繩編織工藝發展，盛行以彩絲繩編織的花鞋，稱為織成履；及至隋朝，官府以布帛代替為役，允許百姓交納布帛絲絹代替賦役，紡織技藝大有進展；唐代的繡花鞋款式五花八門，以花樣的錦緞製作鞋面，泛稱錦履；宋代的鞋履以絲緞為面料，刺繡各類花樣圖案；明代出現高跟弓底的蓮鞋造型，鞋材及色彩更絢麗多彩。

然而，至南唐五代時出現「三寸金蓮」文化，裹過的腳稱為「蓮」，雙足不僅要小，且要弓彎。大於四寸的為「鐵蓮」，四寸的為「銀蓮」，三寸的為「金蓮」，讓女子舉步維艱。封建的陋習，至清末民初的天足運動才逐漸被摒棄，纏足之風被廢除，女子終可解放雙足。

香港位處潮濕炎熱的南方，繡花鞋在此因地制宜，搖身一變為宜室宜居的繡花拖鞋，昔日有不少山寨廠日夜趕工製作。鞋款不斷推陳出新，傳統的繡花鞋，選色以紅黑色為主，圖案則環繞萬壽菊、茶花、龍鳳、鳥等吉祥之物，採用真皮、絹絲、金線、銀線、珠片等材料製作，鞋底亦由多層的布改良為防跣的坑紋底和膠底，既有女裝亦有男裝，揉合中國傳統美感及潮流時尚，價錢更大眾化。

穿越千百年的繡花鞋，受到不同時代的女子青睞，繡花鞋製作技藝已是中國不少地區的非物質文化遺產項目，在多采多姿的社會中保留傳統藝術。

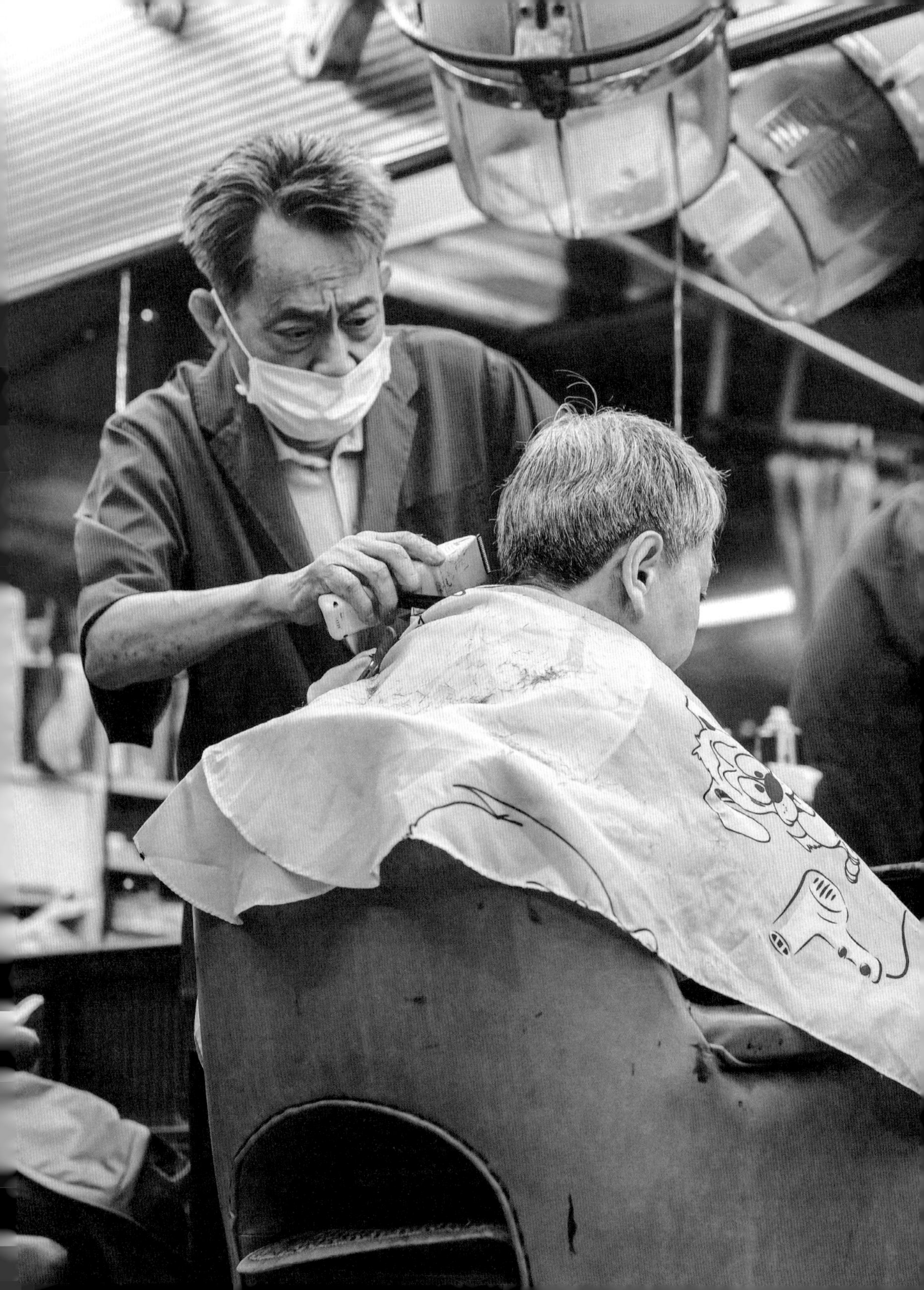

歲月在髮梢掠過

上海僑冠理髮店（已結業）

北角渣華道 74C

上海理髮曾於香港風行一時，
北角素有「小上海」之稱，
上世紀五十年代初期
不少上海人南下香港，
聚居於北角，吳儂軟語此起彼落，
為香港帶來不少北方生活文化，
就如理髮店。

僑冠理髮店一度是香港規模最大的上海理髮店，作為舊日的時髦代表，全店共有八位師傅，分工清晰，剪髮、洗頭、吹頭都專職處理。師傅們穿着傳統的白色襯衫和黑西褲，唯獨高老闆襯衫的顏色別樹一幟，以資識別。年逾七十的老闆高德田，原籍江蘇，十四歲時遷到香港，言語不通，跟隨父親學理髮，兩年後入行，一做便是五十多年，超過半個世紀。在百業蕭條的二〇二〇年，屹立北角四十年的上海僑冠理髮店亦告結業。

飛髮椅可調校高低，向前往後拗，瞬間變成舒適的床。

鐵匣子上安裝着水龍頭。

僑冠明淨的店面內，幾張紅彤彤的古董皮製飛髮椅，從日本入口，可調校高低，向前往後拗，瞬間椅變床，椅腳更可三百六十度轉圈，附設頭枕、椅後繫着磨剃刀用的皮帶，行內俗稱為「呂洞賓褲頭帶」。每張摩登飛髮椅的一側，都有安裝着水龍頭的鐵匣子，蓋子下面是一沓碼得整整齊齊的熱毛巾，毛巾印上店名。飽歷風霜的理髮工具，擺滿鏡前的工具盤：不同形式各樣功能的剪刀、梳、剃刀等，無按鈕、無機關調節的舊式電風筒，還有現已停產的德國製鋼剪，刀鋒鈍了就磨一下，歷久常新。

沒有錢買衣服，也要上最好的髮型屋

不少的上海理髮店都會分男賓部、女賓部，或男前女後，或男左女右，而僑冠的樓底高十八呎，將男賓部置於地面一層，步上花樣樓梯，女賓部則置於私隱度高的閣樓。男賓是彎腰向前坐着洗頭的，有專用的洗髮瓷盤，女賓相對舒服地躺下身子仰臥洗頭。兩室所用的「架生」都不一樣，以免有客人不喜歡異性使用過的物品。這不僅是一份對專業的執着，更超越技巧層面，處處顧慮顧客的感受。

從日本入口的古董皮製 TAKARA BELMONT 飛髮椅，帶有按摩功能，當年價值不菲。

傳統的上海理髮店分男賓部、女賓部，非禮勿視，男女相隔以免尷尬。

亦舒曾說，髮式重要，沒有錢買衣服也要上最好的髮型屋，you wear it everyday。

男士的髮型並不花巧，除了把頭髮劏得鐵青短硬的「陸軍裝」、長度相若但前額留一撮短髮的「紅毛裝」、用髮乳蠟得貼服再吹成波浪型的招積「花旗裝」外，還有保留髮鬢滴水、圈耳的「大裝」，以及飛高飛青的「西裝」，髮腳飛得較高的「游水裝」等，各式髮款以傳統的手剪一一成型。理髮師傅們招呼客人上座，拿着剪刀推、剪、修，俐俐落落的一招一式，慢慢地由下向上理髮，力度溫柔，有別於髮型屋的電剪，剪得更加平均。

髮式以外，修面過程的享受也是上海理髮的重要一環，理髮師傅以雙手輕輕揉搓頭皮，熱毛巾捂面以讓合適的溫度和濕度將鬍鬚軟化，再塗上肥皂泡沫，剃刀起起落落似是按摩，再輕滑過面頰的柔軟酥感，行雲流水地在客人臉上遊走，如同春風拂面來，手起刀落後皮光肉滑。進行全套洗剪吹及修面服務約需時四十分鐘，共用六條毛巾，剪髮、剃鬍子、洗

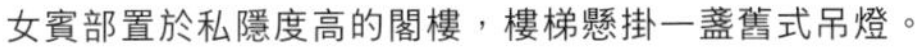
女賓部置於私隱度高的閣樓，樓梯懸掛一盞舊式吊燈。

頭，最後吹乾，按部就班，慢活的藝術正是如此。

女賓則形式多變，閣樓內一列的蜂巢式烘乾機，用來烘乾頭髮，也帶有定型、護髮功能，一物多用。旁邊的塑膠籃子裏有花花綠綠的捲髮棒。這裏長久開着收音機，理髮師與客人耳語閑話，牆上掛着一些明星照片以方便客人按圖索驥，選擇髮型，另外設有修甲服務，為女性一站式修整儀表，為知己者容。

剪不斷的主客情

歲月在髮梢掠過，除了新知，不少昔日舊客都匆匆趕來，在老店結業前來理髮。理髮是老師傅與顧客每兩三個月聚首的藉口，不管年華老去，頭髮由厚變薄，從黑轉白，他或她也堅持打扮儀容，不少撐着枴杖、坐着輪椅的人也要姿整理髮。主客依依惜別，交換電話，得閑飲茶，剪不斷的是數十年的主客情。

時移世易，舊式上海理髮店的師傅年近古稀，加上面對激烈行業競爭，追求快的有十分

女賓部除了理髮，亦設有修甲服務。

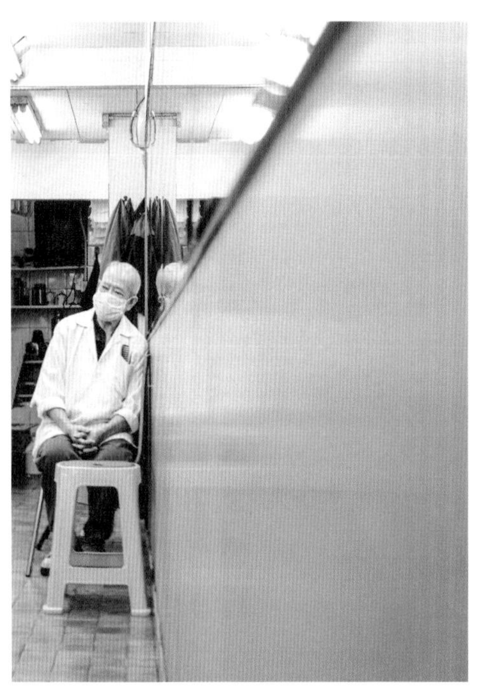

理髮店結業，老邁師傅各散東西，有的退休，有的寄身於別的理髮店。

一物多用的蜂巢式烘乾機，集烘乾、定型、護髮等功能於一身。

鐘速剪店，追求便宜的有舊區迷你髮廊，還有寄身在尖沙咀數千呎理髮旗艦店的頭髮造型師，這類上海理髮店日漸式微，從全港約三百多間，現在剩下不到十間，再無年輕學徒問津。只會為客人洗頭、剪髮、吹髮、剃鬚的上海理髮店，與全方位提供電髮、染髮、修護的新式髮型屋互相競爭；與此同時，都市人生活營役，講究慢工細活的上海理髮店被爭分奪秒的速剪店取而代之。

時至今日，在北角、彩虹、荃灣、旺角等傳統舊區，仍有上海理髮店的蹤影隱寂其中，主要依靠熟客和街坊生意糊口，也有不少古老當時髦的年輕人亦願意以身試髮，在復古潮流中，延續理髮店的生意。

客人上座，理髮師傅按髮式要求，俐俐落落地剪髮。

理髮技藝

香港的舊區有不少上海理髮店，雖冠名上海，但技藝實則源自揚州。揚州的理髮師把剃刀技術帶到上海，上海師傅再輾轉來港開業，造就了昔日上海理髮店風行的潮流。

歷史上數度繁華的揚州，以「三把刀」聞名於世，分別是修腳刀、廚刀和剃刀。始於足下，填口腹之慾，到頂上功夫，積累數代人的智慧，傳統的刀工技藝與大眾日常生活融合，成為歷史悠久的文化載體。

揚州理髮的特色是精修細剪、因人施藝，理髮師的技法全面，嫻熟的剪刀、剃刀、軋刀功夫，素有「七十二刀半」的說法，完整地修一張臉要刮七十二刀，最後半刀輕刮鼻樑上的汗毛作結。刀功細膩，輕柔酥綿的揚州理髮功夫，曾被六下江南的乾隆皇帝御賜「一品刀」，君王頭上耍單刀，四方豪傑盡低頭，這門傳統手工技藝至今已是中國的非物質文化遺產之一。

香港的理髮文化諸家匯流，單是舊式理髮已有粵滬之分。廣東理髮多為街邊巷仔舖，着重效率和實際，髮型選擇不多，一位師傅完成所有工序，包括洗頭、剪髮、剃鬚、採耳等；而上海理髮的舖面寬敞，環境相對潔淨舒適，服務周到貼心，多位師傅合力完成所有工序，但基於衛生問題，多數不會做採耳。

上海理髮店曾於香港大行其道，五六十年代是上海舖的黃金時期，不論貼心又細心的理髮模式，抑或實用明淨的店舖裝潢，均承襲舊上海。海派服務招呼好，吸引不少本地人光顧，生意輝煌，不少香港的理髮店亦乘機掛上「上海」二字。其實許多上海理髮店的師傅，同樣大多來自揚州或江蘇，並不一定來自上海，不用分得那麼細，就如南方廣東人，也不會細分廣州人、中山人。

相片攝自新青年理髮廳。

方寸小店
一步難一步佳

廣昇鞋家

📍 | 土瓜灣落山道 9 號

鞋，承載着一個人的重量，
也承載了廣昇鞋家的兩代父女情。
開業於六十年代的廣昇鞋家，
座落於土瓜灣一棟舊唐樓的樓梯底下，
踏破鐵鞋無覓處，稍不留神，
就與它擦身而過。

廣昇鞋家由父親一代開始經營，女承父業，轉眼已一甲子。往昔楊師傅一家住在樓上單位，勉強也算是下舖上居，後來搬到同區住宅，而補鞋店扎根於舊區之內，繼續為附近街坊提供鞋類維修服務，也維繫一份守望相助的鄰里人情。

上世紀五六十年代興建的唐樓，樓梯底時常出現一角細小空間。梯底狹縫間，藏着名不經傳的鞋店，一條樓梯連接父女兩代，除了繼承父親的店舖，裝潢多年來始終不變；也承傳父親的手藝，一技傍身。廣昇鞋家舖面上，高

木板順應唐樓樓梯的高低弧度，每塊長短各異，從壹至捌的正字大寫，依序標記，方便組裝還原。

高懸掛一塊手寫書法木製招牌，從父輩沿用至今，樸實無華的綠框紅字，左邊豎寫「家用定鞋」，右邊直書字體已模糊的「精工打掌」，可見廣昇以往曾有訂造鞋履的業務。但隨着父親仙遊，本地鞋廠北移，手工訂製鞋的價格不菲，如今只剩下補鞋生意，雖是蠅頭小利，仍能養活一家。

木板建起　方寸小店

與弧型樓梯相依，廣昇鞋家沒有安裝鐵閘，以一列窄長的木板圍攏，合共八塊，木板順應唐樓樓梯的高低弧度，每塊長短各異，從壹至捌的正字大寫，依序標記，以資識別，隨着歲月滿佈塵埃。楊師傅每天一回來，就忙裏忙外，將一塊塊木板搬出搬入，費時又辛苦。

與其說是一間舖，倒不如說是一個貯物木櫃。方寸小店盡見的收納功夫，猶如俄羅斯方塊，填滿所有空間，非常地盡其用。鞋鐵、鞋楦、磨石、木櫈、待修的鞋，以至一台歷史悠久的勝家製造車皮機，還有那飽歷風霜的木工

與樓梯相依的廣昇鞋家店面擁擠，楊師傅日常得坐在行人道上工作。

從父親一代沿用至今的勝家衣車，以針與線為皮鞋上邊。

具箱，由攝影專用的蘋果箱改裝而成，放滿鐵釘螺絲等補鞋配件。工欲善其事，必先利其器，不少工具都是當年父親開業時親手造的物件，除了惜物，也滲透一份孝心。

舊時物資匱乏，人人知慳識儉，一雙破舊的鞋子也不輕易拋棄，有的人是因為習慣，有的人是因為稀有絕版，有的人是因為紀念價值，各種不為人知的原因。無論是皮鞋、涼鞋、高跟鞋，抑或運動鞋，楊師傅逐一捧在手心。也不管各樣奇難雜症，鞋底磨損、斗零踭斷芯、波鞋甩底等，她都按部就班地維修，勾線、打釘、黐邊、搖鞋底、手起針落。一雙巧手，以錘、銼、針線與膠水，將舊履翻新、補色、拋光、滋養。這些年來一對又一對的鞋履，從廣昇鞋家重新出發，只要一對好鞋，再崎嶇的路也總走得過。

廣昇鞋家以往可為客人訂造皮鞋，手造皮鞋以牛皮為原料，造鞋師傅為顧客度身訂製，畫紙樣、剪裁皮革、拉幫、穿線、打洞等，都以人手完成。工序包括製楦，以木材製出右腳

修好的鞋履掛在一片木板上，等候客人自取。

以鐵腳作為修補鞋底的平台，可將鞋反轉托高，方便補踭和更換鞋底。

原型木楦，將其置入鞋楦複製機的一端，複製成左腳鞋楦；選皮料，視乎皮革的質素、顏色、拉彈力而取用不同位置；剪紙樣，以立體裁剪的工序，先製出樣版鞋，試穿後調整再製作皮料；製鞋面，在皮料上雕刻和打孔圖案，以線縫製鞋面和花紋，用鉗將鞋面釘於鞋楦上攀皮，再進行上邊工序，為皮鞋提供彈性；最後是組裝，安裝腰鐵連接鞋跟和鞋頭，加入承托吸震的水松層，把皮料層層相疊製出鞋跟，並以鐵釘將鞋跟和鞋底緊緊扣接，一雙鞋子便可成型。時代轉變，市面上的皮鞋成品繁多，人們對手造皮鞋的需求減少，廣昇現時再也沒有造鞋服務。

歲月神偷

麻雀雖小但五臟俱全的廣昇鞋家，在店外就能嗅到一股由鞋油味和補鞋膠水夾雜而成的氣味。楊師傅坐在行人路的一張小木櫈，接過客人的鞋，再徐徐取出錐、鉗、批刀、鞋油等工具，就架着眼鏡彎腰埋頭工作。聽着大街上

沿樓梯拾級而上的木板舖，每塊木板的長短不一。

大概沒有人會偷破舊鞋子，但還是做好店舖防盜。

用作批皮料的批刀，也可剷起舊鞋底。

舊皮鞋更換鞋底，從新出發。

熙來攘往的人聲車聲，她總能一心多用，有時默默縫補，有時嘮嘮叨叨，有時閑話家常，隨着太陽西斜移動身影，歲月是神偷，補鞋已是日漸式微的夕陽行業。

鞋舖的格局數十年如一日，但四周的景象已幾番新，楊師傅的體力也不復往昔，時時力有不逮。時代變遷，不管下一步是難，還是佳，都是未知之數，廣昇鞋家只能腳踏實地，見步行步。

新生代皮鞋設計

五十至七十年代是香港手工皮鞋業的高峰期，當年尚未流行奢侈的舶來皮鞋，普羅大眾都穿着價廉物美的本地皮鞋，九龍區有不少山寨鞋廠；及至八十年代，以機器生產的預製皮鞋逐漸流行，流水作業式的機械化生產，手工製皮鞋的售價難以競爭，外國品牌的加入亦令手工皮鞋的需求遞減，成本和售價相對提升，令客源減少。輕工業逐漸北移，傳統手工皮鞋公司結業，鞋匠亦隨之流失。

學習製作皮鞋的時間長，且薪金微薄，難以聘得年輕一輩學師，手工藝一度面臨失傳，湮沒無聞。近年始有不少年輕設計師入行，手工皮鞋要求的已不限於一門手藝，更是個性設計，有的更會配合科技，以腳部動態掃描技術製作最貼服的鞋履，售價已不可與舊日同語。

有人追求機製量產的完美精密，有人追求手工質樸感。手工微調的皮鞋，愜意舒適，最重要是適合自己。手造皮鞋製作需時，從訂造到取得鞋履約需一至兩個月，價錢較一般的皮鞋昂貴，但仍有不少捧場客，不少講究衣著品味的香港人仍會特意訂製手造皮鞋，客人以男士居多，以一雙體面的皮鞋昂首闊步為事業拼搏。皮鞋工匠散落各區，既有開門做生意的商場小舖，亦有隱身於工廈的小型工場。

在深水埗大南街一帶，集聚不少傳統和新式皮號，售賣來自世界各地的皮料，令手造皮鞋工藝有更多可能性。

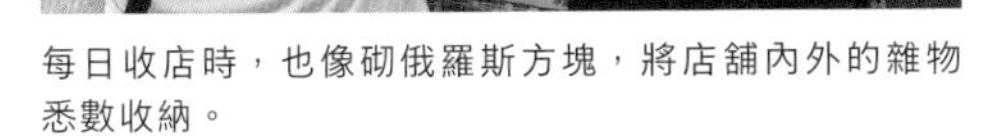

每日收店時，也像砌俄羅斯方塊，將店舖內外的雜物悉數收納。

敲敲打打，替高跟鞋更換斷芯。

歷史查考——

皮鞋製作技藝

千里之行，始於足下，千百年以來，鞋是日常生活中不可或缺的衣飾。

鞋履有着悠久的發展史，古人稱鞋為「足衣」，可見鞋在中華傳統服飾中的重要地位。早在新石器時代，先民已用草、麻、葛編織成履，其後始有布帛和皮革等。

皮鞋，又稱革履，是由動物皮革或人造皮革而製成的鞋類。早在黃帝時期，已用革造扉，用皮造履；商周時期的皮革工藝日漸成熟，在西周銅器上可見與皮鞋相關的銘文；漢代皮鞋種類繁多，未經鞣製生革製成的皮鞋叫草鞮，用熟皮鞣製的鞋履叫韋鞮。值得一提，古代鞋子不分左右，製鞋用的鞋楦也只有一隻，古人不穿分左右的運腳鞋。而古代中國以皮革做的鞋，叫皮靴，和現代皮鞋的樣式不盡相同。

現代皮鞋製作技術從外國傳來，只有短短百多年時間。第一雙現代皮鞋，從不分左右腳的直腳鞋子，演變為分左右腳的鞋子，這是中國製鞋技術的一大發展。中國在一八七六年最早出現現代皮鞋工藝，當時外國皮鞋進入上海市場，浦東鞋匠沈炳根兼做修理和擦皮鞋業務，過程中反覆琢磨和研究，開設了第一間現代皮鞋廠，將外國引入的皮鞋工藝傳播開來。

時至今日，皮鞋製作技藝已列入香港非物質文化遺產清單，一針一線的造鞋手藝得以承傳。

輯二

飲食之味

東莞佬
銀菊茶

洪爐火前
守一壺涼茶

東莞佬涼茶

深水埗北河街 41 號

東莞佬涼茶在深水埗區內已逾七十多年，
老店本名「惠隆號」，
由店主逃避戰亂而來港的祖父所創立，
黃氏籍貫東莞，
店舖亦以此命名，
每天為顧客提供沁透心脾的涼茶。

東莞佬涼茶原本專賣糧油雜貨，後來商人前來兜售藥材和涼茶藥方，又可賒數買藥材，自始轉賣涼茶，也只賣四款，廿四味、銀菊茶、五花茶、感冒茶，選擇一目了然。自置的店舖位於昔日的北河街公眾碼頭附近，每當船隻靠岸，飲客紛至沓來。小輪乘客候船時前來歇腳消暑，碼頭卸貨的苦力稍有頭暈身熱也前來飲一杯涼茶，或者是藥療，或者是心治，無以名狀的疾患似乎可以紓緩，也治奇難雜症。

今時今日的涼茶都以立飲為主，當年店內卻曾設有圓桌堂座，座位清雅。一九四九年麗的呼聲啟播時，店內購置了一部收音機，客人多付斗零就可以進內堂坐，消磨一個下午餘暇。自從七十年代末，港鐵通車連接港島九龍，碼頭清拆搬走，深水埗附近一帶填海，已見不到昔日的岸邊，隨着區內人口老化，生意已不如從前。

子承父業

東莞佬涼茶的現任店主是黃鏡明，小時候父親在店深處的廚房煲涼茶時，會叮囑子女們輪流看舖；黃鏡明一放學便跑回涼茶舖幫忙，或奉命到附近街市和碼頭執拾木柴，經歷從柴火到火水熬煮涼茶的年代。父親黃根泉去世後，八個兒女中只有排行第七的黃鏡明接手，子承父業，成為東莞佬涼茶店第三代傳人，前舖後居與家人共同打理涼茶店的生意。日間開朝十一時、夜間收凌晨一時，方便了

涼茶舖數塊紅底白字的招牌，寫上各樣涼茶的名稱，街坊遙遙可見。

香港的涼茶舖多以世襲形式經營，店內多年供奉着店主祖輩的遺照，可見子孫盡孝。

店內清洗茶杯的兩箱清水，時時更換，以保衛生。

都市夜歸人，卻辛苦了店主夫婦，二人早晚輪班，一天工作十多小時，日夜寒暑，年中無休。

黃鏡明不諳中醫，只靠謹守前人世代相傳的一道道藥方，依足配方、水分、火候以熬製涼茶，絲毫不變，持之以恆。守舊是一種對前輩的尊重，店內多年供奉着祖父母的遺照，以存感恩敬畏。

苦中一點甜

涼茶能治何病？抬頭一看便有解答。店內掛上古雅的毛筆牌匾，列明嶺南地區常見的風土疾病，文字已隨着時日漸漸褪色，惟店內陳設多年不變，湖水綠和白色的瓷磚牆，藍白相間的馬賽克地磚，透心涼的色彩配搭。

涼茶的用料各家各法，東莞佬的五花茶用上十種材料煲熬，廿四味足足有廿八種材料，味道複雜甘苦，但卻胸臆舒暢，是真材實料、貨真價實的涼茶。可熱服、冷飲、溫服，按比例斟入冷熱茶水調整至合宜溫度，各適其適，苦口良藥，口味卻不是人人喜歡。涼茶以圓蓋

清涼銀菊露配方，主要是金銀花和杭菊，煎煮前需要先清洗及浸泡，令藥效更易釋出。

遮擋灰塵，冰涼不鏽鋼枱面上，長期放置了一樽蜜糖，讓苦茶更易入口。老闆不是投機取巧的生意人，卻有一份細心體貼，苦中一點甜，難怪客人都是一代一代的前來惠顧。

店內最受歡迎的，是一杯杯的清涼銀菊露，「露」是清晨時分水氣凝結而成的清冷水滴，意指茶水清涼。銀菊露主要以兩種材料製成，金銀花和杭菊，再以蜜糖調味，恰到好處的甜度，順喉潤肺。金銀花又名忍冬，性味甘寒，芳香透達又可祛邪，具有清熱解毒、通經活絡的功效；杭菊養肝明目、清心健脾，同樣起疏散風熱的作用，兩種藥用花材配搭起來，相得益彰。

聽起來配方簡單，工序卻甚繁複。沖洗材料後，入鍋點火，不斷調校火力，火候可分為慢火煎煮的文火、快慢交替的文武火、急火煎煮的

盛夏熏風，來一杯清涼銀菊露，以舊式的果汁機盛載，斟在厚重玻璃杯內的凍飲涼茶，別有一番風味。

武火三種。舀出隔渣，再加水翻煲，直至花瓣不再浮面，翻來覆去的工序還得重複多次，以保茶水清澈。

涼茶藥材醫治百病

香港的涼茶發展變化不斷，在十九至二十世紀後期，西醫尚未開始普及，香港人依賴中草藥，飲用涼茶治百病。五十年代是香港涼茶業的黃金時期，涼茶舖除了是飲品店，亦是年輕人的娛樂場所之一，有收音機、點唱機、報紙雜誌，低廉消費已可消磨一個下午。除了地區小舖外，亦有連鎖式的經營，例如從廣州南下的王老吉、春和堂、獨沽一味水翁花茶的黃碧山、太醫世家的恭和堂等。除了賣涼茶，亦兼售成藥和涼茶藥材包。

涼茶雖則為藥，調和常見的風土病，但毋須診脈處方，只需數個硬幣，即可揭開杯蓋自服。涼茶飲用

冷暖涼茶，立飲外賣，各適其適。

隨四時而變，主要可分為解感茶，主治外感風熱；清熱降火茶，解春夏內熱熾盛；清熱潤燥茶，潤秋燥及解陰虛火旺；清熱化濕茶，解夏天濕熱，按時而服的涼茶蘊藏着天人合一的傳統觀念。以前的涼茶溫熱苦口，配以陳皮梅、嘉應子一類的涼果，後來為了吸引年輕人，溫熱苦口的涼茶，口味日漸清甜冰涼，老少咸宜。

自九十年代開始，不少涼茶店售賣龜苓膏，由於成本低而利錢豐，不少涼茶舖爭相仿傚。而涼茶產品亦由店內即日煲製，以瓦碗盛服，趨向以小型工場大量製作，以紙包或樽裝出售，增長保鮮期。斗轉星移，今日即使在便利店也可購買涼茶，顧客由街坊鄰里變成遍及全港，行業不斷求變，令傳統民間智慧得以廣泛流傳。

清涼潤喉
冰凍
蜜糖
銀菊露
清熱去濕
銀菊露
每枝
20元
雞骨草
平夜睡
去肝火
五花茶
每杯
八元
銀菊露
大 每杯 小
八元 五元

涼茶熬製

涼茶是民間食療和生活智慧，美其名為茶，實則是藥湯。藥中有茶，茶中有藥。

涼茶之名自古不斷經歷變化，上溯至唐代，長江以北與黃河流域一帶早已有涼茶店，比廣東一帶更早出現。當其時的涼茶曰「飲子」，發音與「藥引子」讀音相近，五代王仁裕所撰的《玉堂閑話》提及「長安完盛日，有一家於西市賣飲子，用尋常藥，不過數味」，古時的飲子是果品、香料、藥材等熬製而成的養生草藥茶飲；至宋代，飲子風盛，張擇端的長卷風俗畫《清明上河圖》描繪繁華的京城面貌，畫中就有兩間飲子肆，史籍中記載有紫蘇飲、薄荷飲、桂花飲之類；及至明代，飲子演變成「涼藥」，取其「良藥」之意；涼茶的涼意，非溫度的涼，而是物性之涼，由性味寒涼的中草藥組成的湯茶；後來北方的涼茶式微，而南方瘴癘盛行，嶺南一帶發展出底蘊深厚的涼茶文化，由於廣東人忌諱「藥」與「弱」音同，因其顏色與茶水相近，故統稱為涼茶，沿用至今。

就地取材的涼茶，配合不同地區的風土條件，藥理暗合「一陰一陽之謂道」的中醫哲理，以調養身體，防患於未然。嶺南多瘴氣，容易濕困，春意漸濃或暑熱盛夏時飲一杯涼茶，可袪濕消暑。廣東的涼茶品類繁多，廿四味、銀菊露、夏枯草、火麻仁、五花茶等，且各家各法，藥理相通，配方大同小異，取材自各類消解內熱的草藥，不乏嶺南地區的藥草。在二〇〇六年，廣東涼茶列入第一批國家級非物質文化遺產名錄，這個可持續發展的歷史文化載體，除了是民間智慧的象徵，也是生活經驗的累積。

相片攝自百寶堂。

一片冰心在酒壺

廣如意老酒莊

深水埗北河街 34 號

古味盎然的廣如意老酒莊，
是深水埗區內的老字號，
碩果僅存仍可打酒的傳統酒舖。
酒香不怕巷子深，
大隱於市，
表面與辦館士多無異，
空氣中卻是薰人欲醉的米酒香。

老酒莊自廣州遷來香港，舊舖原是兩層的建築，清拆後於原址重建成六層唐樓。小小老店保留昔日的木樑天花，以及百年老店的金漆招牌，寫着「新記廣如意」。

廣如意最令人稱道的，是店家自釀的玉冰燒，古早陳釀的味道。識途老馬就會懂得藏於木櫃的酒埕內有乾坤，揭起酒箱的木蓋，酒香頓時四溢，酒不醉人人自醉，隱隱約約可見埕中浮載浮沉的肥豬肉，此乃廣東名酒「玉冰燒」。

廣如意
Hennessy

汽水、啤酒、零食、糖果、香煙等一應俱全，外觀與一般辦館無異。

除了自家釀製的玉冰燒，也售賣各式洋酒、三鞭酒、竹葉青、五加皮等，客人自可各適其適。

內有乾坤的木櫃酒埕，此乃廣東名酒「玉冰燒」。

歲月醞釀

一道「缸埕陳釀、肥肉醞浸」的米酒釀的傳統工藝，由廣州傳到香港，名氣與九江雙蒸不遑多讓。釀製玉冰燒的原料，主要有大米、釀造用水、陳年豬肉，以小曲大酒餅為糖化發酵劑。酒精度近三十度的玉冰燒，製作工序繁複：先用蒸汽蒸煮大米，待熟飯攤涼後，按米量均勻添加經粉碎處理的小曲大酒餅，在發酵容器內按比例加水發酵十數天，然後蒸餾以取得酒液，靜置新酒數日以沉澱，將陳肉浸泡於酒液中陳釀十數日，以吸附雜質，肥肉脂肪逐漸溶化，與酒液相融陳化，形成獨特的豉香，醇和細膩，醞浸後的酒液存放至少三個月至老熟，即可飲用，餘味甘爽。

白潤如玉的豬肉，觸手生涼，如晶瑩剔透的冰塊，且蒸餾過後的米酒又稱「燒酒」，故此酒取名「肉冰燒」。後又因「肉」字有欠雅致，粵語上的「肉」與「玉」同音，後來雅稱「玉冰燒」，也取其玉潔冰清之意。

昔日酒舖外是熙來攘往的碼頭，隨着市區發展，舊區面貌已幾番新。

客人自攜酒瓶器皿來買酒，古色古香的銅製酒勺注入陳釀。

客人來買酒，還得自攜酒瓶器皿，老闆揭開木蓋，以銅製酒勺打出一勺勺酒，以斤作單位，緩緩傾入漏斗內。聽說時至今日，仍有不少老婆婆們十數斤的買酒釀梅，也有主婦以酒蒸雞。玉冰燒酒色並非透明，而是淡淡的琥珀色，酒液香醇，可見歲月的沉澱。

酒莊位處的北河街曾是碼頭所在，昔日熙來攘往，酒莊常置滿一列列自釀酒櫃，尚且供不應求。但隨着碼頭清拆，區內人口老化，街道熱鬧不再。時至今日，酒的選擇多了，香港人多喝啤酒、白酒、紅酒、香檳、梅酒等各式洋酒，還會喝米酒的只剩下阿公叔伯輩，廣如意自釀玉冰燒的酒櫃也僅剩店內的一個角落，少有少釀，仍然堅持本地製作。

玉冰燒釀酒工藝

色如冰玉，疾如火燒，玉冰燒是也。醇香甘洌的玉冰燒是嶺南特產，廣東石灣以釀酒技藝聞名省港。清代廣東一帶盛行蒸酒業，炎熱潮濕的水土氣候，得天獨厚的條件，適合米酒麴種培育、發酵和陳釀。《佛山忠義鄉志》描述：「水質佳良，米料充足，酒缸陳舊，三者兼備斯，其味獨醇。」當時蒸酒者「家數三四十甑數」，以陳太吉酒莊最為有名，清代道光翰林學士陳如岳辭官返里後，繼承家族的釀酒祖業，在一八九五年研製出醇和細膩的玉冰燒，百年老字號迄今仍在原址生產，釀酒的技藝一直口傳手授。

至於在香港，最廣為人知的是珠江橋牌玉冰燒，經典廣告歌詞「斬料，斬料，斬大嚿叉燒」流傳至今，還有本地製作的老店永利威以支裝出售，或是像廣如意一類的小酒莊，需自攜酒器買玉冰燒。

中國白酒有六大香型酒類，分別是醬香、濃香、清香、鳳香、米香和豉香。玉冰燒雖以大米為原料釀製，但並非米香型白酒，而是歸類為豉香型白酒。在釀造米酒的過程中加入肥豬肉泡浸，令酒質醇和，酒液清澈，聞起來有油脂的香氣，不少酒客都會將其配以各式燒味或滷水菜式享用。

釀製玉冰燒，既要酒好、又要埕老、還要肉陳。誰說廣東無好酒？一壺老酒釀出嶺南新天地。玉冰燒的釀製技藝從廣東輾轉流傳到香港，上百年的工藝沉澱，也在此落戶生根。在二〇〇九年，玉冰燒釀酒工藝列入廣東省省級非物質文化遺產目錄。

相片攝自和發興酒醋廠。

深耕細作 米飯飄香

成興泰糧食

石硤尾邨 19 座地下 107 舖

在還未有超級市場之前，人人都從米行糴米。位於石硤尾舊屋邨的成興泰糧食，是屹立邨內數十年的糧油米舖，讓街坊每天都能享受米飯香。

七十多歲的老闆王德鑑，街坊稱他德叔，是米舖的第二代太子爺，在外面的電器行工作過兩年，後來被父親徵召打理米舖，成為石硤尾區的「米飯班主」。這個潮洲硬漢至今仍然扛着一袋袋米糧，踏着鳳凰牌單車四處送貨，與太太胼手胝足打理米舖，見證行業的興盛與衰微。

四百呎的成興泰糧食，兼賣各式糧油雜貨，舖內保持着六七十年代的裝潢。一個個古色古香的米桶，以色彩鮮明的米牌分門別類。在七八十年代，店內曾賣過香港本地米，但由於產量不多，價錢貴，捧場客少。成興泰如

用以大白鐵打成的溝米鍋，可均勻調配出新舊米。

今只售進口米，泰國金鳳頂級三A米、金牡丹米、澳洲金冠絲苗，還有健康高纖的三色米可選，混搭紅米、糙米及金鳳米，與時並進。

喜新又愛舊

在「米舖多過銀行」的年代，成興泰風光一時，在大埔墟、青山道、九龍仔等都有分店，惟隨着超級市場的出現而相繼結業。如今德叔一人擔大旗，身兼多職，米舖昔日卻曾設有管數先生、售貨門面、送貨工人，還有「溝米師傅」坐鎮，這是米舖特有的工作崗位，配合不同的顧客需求，將不同的米按比例進行混合調配，以控制米的質素，讓客人食過返尋味。

喜歡新還是舊？何妨一試新舊米。以大白鐵打成的溝米鍋，既闊而淺，能均勻地攤開掃平米粒。溝米的方法離不開兩種，一為新米配舊米，新米濕軟粘糯，舊米較爽身和有嚼勁，春天濕重，要多溝一些舊米；冬天乾燥，則多加新米；二為米碌配大米，把儲存過久而乾燥斷裂的碎米，加入長米重新配調。

店深處的木製風米機，利用風力篩走米內雜質。

一樣米養百樣人，每人喜歡的口感不同，溝米可以平衡米飯的軟熟程度，各適其適，相得益彰。聽說十月的米是最好吃的，這一造米又名「十月芥菜」，熱氣騰騰的米飯香味，少女吃了可會春心蕩漾？老人家就多吃乾身舊米，含水量少，容易飽肚。

以往的白米帶有砂石雜質，為免老人家咬崩牙，成興泰數十年前從澳門引入木製風米機，俗稱「飛砂走石機」，內置一部電風扇，嘩啦嘩啦地以風力將砂石糠塵篩走。在資源匱乏的年代，創意卻是無限。

糧油米舖憑着貨真價實的精神做生意，幾十年來童叟無欺。把糧油置於古老的天秤上衡量所需，不同斤兩的砝碼，圓的是「両」，方的是「斤」，是十進制以前最常用的量度單位。

米舖是環保先鋒，昔日買米可用報紙包裹，吸濕又防潮。既有糧，亦有油，一大桶的非洲花生油，色澤深沉，氣味香淳，顧客可自攜瓶子散購。小店的好，就是買多或少皆可。

在塑料袋昂貴的年代，舊報紙是常見的包

新米配舊米，米碌配大米，取長補短溝出新滋味。

收銀櫃台上，既有舊式算盤，亦有新式計算機，新舊交替使用。

在沒有膠袋的年代，糴米以報紙包裹。

裝物料。米舖用刀裁成的雙層四方報紙，用手拉開便成了中空的立體菱形，如張開大口。老闆放入米，按平頂端報紙之後，便成了三角錐體，若再紮上鹹水草，便如糉子一個，這是往昔窮酸日子的華麗與端莊。

粒粒皆辛苦

成興泰糧食與鄰里深厚情誼，數十年如一日，不論登舖糴米，抑或上門送貨，只要知道彼此有餐安樂茶飯，心裏就踏實。

香港一度經歷疫症期間的搶米潮，四百呎店舖內的陳年舊米都被一掃而空。無米之炊固然愁，儲糧太多亦甚煩惱，日久易生穀牛。德叔說將米貯藏在雪櫃即可避免穀牛，勿備過於需。隨着香港的家庭結構改變，六七十年代一戶十數口，現在只有三四人丁小家庭，糴米也從重重一大

擔，變成輕輕三數斤。

隨着城市發展，如今香港的耕地面積減少，不少務農維生的新界鄉民移民海外，與此同時不少內地人南遷香港，帶着種菜技術和菜種落戶新界，稻田變了以小農為主的菜田。式微近半世紀的稻米種植，一度成為絕響，近年始有本地小農復耕，在二澳、塱原、攸潭美默默耕耘，各自修行，發展種稻技術。從稻穗到盤中飧，粒粒皆辛苦。

古老的天秤和不同斤両的砝碼，童叟無欺的交易。

食量小的可選散裝米，或是按斤購買。

稻米種植技藝

一碗碗熱騰騰的米飯背後，從稻穗到盤中飧，蘊藏不少生活學問。回溯歷史，香港早在明清已有本地稻米生產，過往輝煌一時，元朗絲苗是老一輩港人念念不忘的味道，米身修長，入口軟滑，一度是上呈皇帝的貢米，更曾遠銷外國，新界鄉議局的標誌上有兩根稻穗印證這段歷史。新界的平原水土肥沃，適合稻米種植。水稻種植一年兩造，「早造」在春天二月下種，六月收成，米粒粗糙硬身；「晚造」在七月下種，十二月收成，米粒香糯綿軟。工序包括曬田、放水、播種、插秧及收割，以簡單機器打穀及脫粒。歲物豐成，稻米種植技藝已列入香港的非物質文化遺產清單。

地少人多的香港，一直依賴進口米。早年的南北行多由潮州人主理，搭通門路後，以親引親，以鄉引鄉。當時的進口食米依賴海上航運，貨船多會停泊在西環三角碼頭一帶，貨船到港後，米商僱用苦力搬運貨物，扛着一袋袋米，徒步運送至附近的米倉儲存，每搬運一包食米可獲發一枝「米簽」，以計算工錢。

第一次世界大戰後，東亞地區食米短缺，米商囤積居奇，本地米價飈升。政府在一九一九年推行《食米條例》，自始規管食米，承辦及收購私人所有存貨的大米，禁止本地米出口，穩定米價，在必要時可徵收米商存貨，並限制進口配額；到一九五五年，政府頒佈《食米管制方案》，在配額制度之下設定「三級制」，將米商分為進口商、批發商與零售商，環環相扣，不可越級買賣；在二〇〇三年，政府廢除配額制，開放米業貿易，只維持最低儲備，食米自由買賣，持牌米商的數量大增，香港人也有了更豐富的進口米選擇，除了主導本地市場的泰國米和越南米，日本米亦是近年熱門選擇。香港物阜民豐，可幸有不少惜食之人，珍惜一口米飯香。

五
香

有椰有孫 代代流芳

廣發號

油麻地新填地街 36 號

大隱隱於市，深藏在油麻地街市內的廣發號，是開業已近一世紀的香料老店。顧客絡繹不絕，為的是一口生活滋味。

在上世紀二十年代，從江門來港闖蕩的李錫楊，本來在椰子舖打工謀生，後來自立門戶，在上環東街創立廣發號，專賣各式香料和椰子。子女緣厚的李錫楊，五十多歲仍有所出，誕下男丁中排第三的李常春。孻仔拉心肝，至六十年代李錫楊去世前，大仔早已在灣仔自立門戶成發號，遂將廣發號交托予從小就在店內幫忙的李常春，那一年他只有十八歲。

年紀輕輕就扛起香料店，依靠兄弟互相支持，老字號才得以百年流芳。成發號在港島區灣仔春園街，後來搬到堅尼地城海旁；廣發號則幾番遷徙，從上環東街、到蘇杭街、堅道、

廣發號自家製作的咖喱膽。

嘉咸街，最後於九十年代搬到油麻地，扎根區內自置地舖，再無租金壓力，從此定下心來，兩兄弟分別立足港九，互不搶客，各有風味。

香氣共冶一爐

門外飄香的廣發號，舖面是琳琅滿目的香料，舖內放着一個又一個儲存香料的金屬箱，穿過放滿椰子的狹小走廊，舖的盡處是製作香料的工場。店員各司其職，有的開椰子，有的篩香料，有的按單執料，有的入樽入罐，老闆則在舖面如數家珍地介紹各式香料，以及由他所研發的廣發號名物——咖喱膽。

有麝自然香，能令客人再三回頭，是靠一雙巧手換來的成果。廣發號原先只替餐廳師傅執拾香料，由於混合熬煮費時，工序繁瑣，香料舖以心機工夫代炒，日花冗長數小時，將近廿種南洋香料共冶一爐，精挑細選，把薑、葱、蒜頭、豆油、香茅、花椒、沙仁、黃薑粉等，交由店內老師傅特別調製爆香，製成自家咖喱膽和辣椒油。一試之下，味香而不嗆辣，

舖面一株椰子苗，綠葉長茂。

辣粉、咖哩粉，各有風味。

新鮮椰子，每日人手即開現製香料。

層次豐富。從初時落戶九龍只得三四客人，今時今日只靠口耳相傳，無海內外分號，無總代理，每月批發約數千斤咖喱香科予本地食肆。遠近馳名的廣發號，不單行銷香港，近年亦開拓內地市場，大小通吃，零沽批發一律歡迎。

自從罐頭椰漿面世，傳統新鮮剖開椰子的老舖難以匹敵。窮則變，變則通，老舖轉型，從賣椰子香料到自家製調味料，把來自東南亞的食材加工，配合華人口味二次創作，內銷亦外銷，如同開埠初期的南北行經營方式。以美味新煮意，維繫這間家庭式經營百年老舖。

一代傳一代，刻下廣發號已由第三代店主李文輝接手，年輕的當家沿用家族的香料配方，承繼老舖，事事擔當。為生意奔波半生的李常春偶爾落舖頂檔，打點上下庶務，店內仍時有他的身影，父子一起延續這份椰子香料咖喱的芬芳。

舖內放着一個又一個儲存香料的金屬箱，以紅色大字書寫香料名字。

獨立包裝的各式香料，五味紛陳，樣樣新奇，吸引途人注目。

◆歷史查考——

香料調配

自古以來人類已經對香料深深着迷，芬芳撲鼻的香料，應用的歷史源遠流長。香料植物包括香草、香花、香果、香蔬、香樹、香藤等，按照用途區分，可分為烹飪用及藥用香料植物。大部分香料植物原產於東方，尤其在東南亞等地。從古時代開始，東西方世界就已開展香料貿易。

遠自漢代，已有進口中藥蘇合，辛香氣烈，可作香料或藥品；唐宋對外開放政策下，香料進口顯著增加，海上絲綢之路見證了頻繁的香料貿易；南宋的香料貿易更盛，泉州灣後渚港出土的宋船，所載的各類香料多達數千斤；明代鄭和七下西洋，將海外貿易推向顛峰，朝貢貿易採買的主要是香料，府庫充溢，曾將囤聚積壓的香料當作官員俸祿；清代以後，官方的香料貿易漸趨式微，而民間的香料貿易經久不衰，隨着西方殖民者的到來，變調融入華人社區。

咖喱是由眾多新鮮或乾燥香料熬煮混成的醬料，可辣、可不辣，香料種類並無限制，亦無指定味道，大多有辣椒、茴香、香茅、丁香、豆蔻及薑黃等，大同小異。各處咖喱各處味，辣度、濃度及鹹甜度也有不同。印尼的加椰奶生油，新加坡的偏酸辣，泰國的多顏色多花款，紅咖喱、青咖喱、黃咖喱，而印度南北分別吃米飯和包餅，咖喱味道也有濃淡之別。

在二十世紀初，咖喱已在香港的西餐餐牌上出現，隨着不少駐港印度軍人及尼泊爾裔的啹喀兵來港，咖喱自軍營流入民間，因應港人口味而調配，成為坊間常見的美食。餐廳食店的咖喱多以馬來西亞咖喱為基調，加入醇香鮮甜的椰漿提味，減低辣度，煉成港式咖喱。不論高級食肆和街頭小食，抑或家常菜，咖喱也老是出現。各式香料應用在不同的飲食文化之中，是打破語言隔閡的橋樑。

相片攝自誠興號。

華
水洗
WASHED
黑

風乾臘味
陳曬一代豐腴

裕和合記

西環德輔道西 190 號

每年到此時節，
北風初起，
就是臘味飄香的時節。
甘香耐嚼的臘腸，
是佐飯良伴，
在寒風蕭瑟的冬夜，
別有一番暖意，
讓人憶記起封藏糧食的
往昔歲月。

開業逾半世紀的裕和合記，是香港碩果僅存的臘腸製造商之一。位於西環的門市，每逢入秋，店前總是圍攏着客人，門庭若市，慕名而來的食客，只為那脆口不韌的風乾臘味。

裕和合記的舖面一抹濃濃淡淡的紅，掛滿三花腸、瘦臘腸、鵝肝腸、鵝膶腸，還有五花腩臘肉，串串滿油香的臘鴨、金華火腿、

師傅在工場內製作臘腸，手法純熟，是經年累月的歷練而來。臘腸是手作功夫，多個環節也要赤手作業，以雙手觸感拿捏肉餡份量及力度準繩。

馬友咸魚、南安鴨腎、臘鴨髀、金銀膶，清一色的醃製食品，真材實料。每次路過，拂面而來的肉臊味，咸香依然。

承傳三代　一脈相承

昔日香港的臘味製作行業，不少都由來自廣東新會、東莞一帶的師傅經營，他們戰後來港，帶來了一門手藝。裕和合記是承傳三代的老店，創辦人方蔭芬師傅曾在東莞厚街製作臘味，與一眾友人在西環合伙開創「裕和」，為之「合記」。一脈相承，大兒子方沛源和女婿傅秋榮相繼接手，隨着年紀漸長，如今孫兒傅志聰也放下銀行工作，幫忙家業，學習這門臘味生意，是行內難得一見的年輕面孔。少東憶述童年時，父親每次回家，未見其人，已嗅到一身葷腥氣，他形容那就是「裕和味」。

風乾臘味，靠一門濕手濕腳的功夫。每年八月開臘，師傅們起早貪黑，清晨五、六時抵達荃灣的自設廠房，開始繁複工序。先以機器將梅頭瘦肉和豬髀肉切丁，然後攪拌鴨膶和鵝膶，以鹽、糖、豉油和一埕埕的金星玫瑰露醃製調味，臘腸帶有醃料及酒香；赤手作業，拌勻肉餡及醃料，注入腸衣、扎水草、打針窿、綁繩結；然後扛起竹枝，放入烤箱烘焗，每天人手轉兩次竹，擔擔抬抬，遞上遞落，過程大約耗時四天，製作出近千斤臘腸和膶腸。

如此一忙起來就是數月光景，折騰到春天收臘，天氣日漸濕熱，就踏入三個月的休季期。屆時只需張羅秋冬所需，採購材料備用，工作相對輕省。

按時節而忙　周而復始

臘味製作一行，按時節而忙，一年只做兩季，是季節性的生意。春夏閒月，轉賣其他時令食材雜貨，如鹹魚、梅菜、蝦膏、陳腎、金華火腿等，以提振生意。到時到候，秋風一起，臘味舖又會忙個不停，客人絡繹不絕，生意旺盛，臨近歲末就更忙，過年後生意便回歸恬靜。周而復始，年年如是。

秋風一起，就是臘味行業的旺季，全店上下忙個不停。冬去春來，當天氣漸暖，就會步入臘味行業的淡季。

父子上陣，承傳家業，延續傳統味道。

區分臘腸價錢和種類的繩子，沒有既定顏色，各家各法。

飲食講究時令，入秋後的臘味最惹味，在蕭瑟秋風裏，一口一滋味，暖進心坎。以往家家戶戶買臘味過冬。零售客之外，主要的生意仍舊是批發，不少酒樓餐廳，煲仔飯和蛇羹等傳統食店也會大批購入以作食材。

臘味除了自用，亦是送禮佳品，一張牛油紙包有臘腸、臘鴨、臘肉，一人一份過肥年。每逢大時大節，親友間借送臘味表達鄉情，老闆也會分發臘味給上下伙記，酬謝一年辛勞工作，各行各業的工會也會派送臘味予職工，在未有勞工保障和規例的時代，僱傭之間仍有這份親如一家的體貼心意。

舊日時，臘味是飯桌上的高檔貨，普羅大眾生活困苦，物質不豐裕，一條臘腸配上一大碗白飯，那股豬油香味，飽肚又暖心。但油脂在口腔中縈繞的感覺，或許不再切合講求健康的現代口味，又怕肥、又怕滯、又怕硬。傳統褪色了，鹵類留香的臘味，年輕一代未必懂得欣賞，仍幸有老一輩眷戀舊日滋味，一口臘腸一啖飯，這個秋冬不太冷。

隨着時代變遷，本地臘腸製作已是夕陽行業，不少臘腸工場面對成本日益上升，老店逐一退場，亦不乏將工場搬到內地的店舖，傳統臘味業青黃不接。在不時不食的今日，依然有本地製作的臘腸，沒有防腐，卻有鹹香雋永的滋味。

工場內臘腸排得密密麻麻，不過排序自有其法。一個爐掛三層臘腸，一層代表一天，每天轉竹一趟，烘至乾身即可運到門市出售。

臘腸紮上鹹水草，以便每半天轉竹時，將臘腸上下倒轉，以烘得均勻，到店後即會剪走。據說如在臘味店見到有扎水草的臘腸，大多是本地製作。

臘味製作技藝

傳統的臘味製作見證了前人的智慧，中國有過千年製作臘味的歷史，據北魏古籍《齊民要術》記載的灌腸法，製法與廣東臘腸甚為相近。「取羊盤腸，淨洗治。細剉羊肉，令如籠肉，細切蔥白、鹽、豉汁、薑、椒末調和，令鹹淡適口，以灌腸。兩條夾而炙之。割食甚香美」。

臘從肉部，意指風乾的肉。古時沒有冷房，肉販以鹽醃漬賣剩的肉，加以焙乾或風乾，以延長保存時間。農曆十二月的天氣最適宜製作臘味，宋末元初的《歲時廣記》：「去歲臘月糟豚肉掛灶上，至寒食取以啖之」，臘月因而得名。

臘腸是一口得來不易的滋味，粉潤豐腴，酒香芳醇，製作工序繁複。切肉、去膏、挑筋、洗撈、調味、拌肉、灌腸、紮水草、鬆針、結繩、上竹、烘焙、轉竹、看火、剪水草等十多項工序，一門手造工夫，各家各法，俱大同小異。

製作臘腸，先把豬肉剁碎切粒，再配以各式各樣調味料，以手攪拌，讓調味料完全化在肉沫之中，將材料注入灌腸機，把豬腸衣套在機器噴嘴上，擠壓出條狀的臘腸，再以釘板打孔疏氣，量度適合的長度，以鹹水草紮緊成一孖孖，進行三至四天的烘乾工序，以日曬或電爐熱烘，期間頻頻轉竹，以確保烘得乾身均勻。

上世紀五、六十年代，全港約有廿間製作臘味的店舖，舖後附設工場，逾半集中在上環一帶。九十年代末，香港本地豬農越來越少，依賴進口豬肉，加上租金與日俱增，每日要做上百斤的風乾生曬臘味已不可能，不少臘味製作工場乘勢移至內地或用電爐烘乾；相較之下，內地生產價格便宜，香港製造的臘味雖依然保持水準，惟價格偏高，難以匹敵。如今本地的臘味工場僅餘下數間，寥寥無幾。臘味製作技藝這份地道滋味，已列入非物質文化遺產清單，幸有一班老師傅仍然堅持本地製作，一解饕客的口腹之慾。

每斤188元
每斤198元
每斤148元

輯二❖飲食之味——六

冰室不冷 溫情常在

永香冰室

土瓜灣炮仗街下鄉道 29 號

電影場景的常客，永香冰室在土瓜灣經營超過半世紀，如今舊區重建已在眉睫，土瓜灣隨着沙中綫的發展一再變天，永香難永存。

開業於一九五九年，家庭式作業的永香冰室，現由第三代老闆海哥接手打理，冰室不變的淳樸氣息，令食客倍感親切。海哥自幼在土瓜灣區長大，昔日區內工廠林立，滿佈塑膠廠與織布廠，人流旺盛，七十年代是永香的全盛時期，食客絡繹不絕，工人買茶買餅，在門外大排長龍，午間用膳時間短，也不介意三扒兩撥站着吃喝；但自八十年代末香港經濟轉型，區內工廠北移，永香的光輝日子不再。

以不變應萬變

永香以不變裝潢應萬變的世界，店內陳設

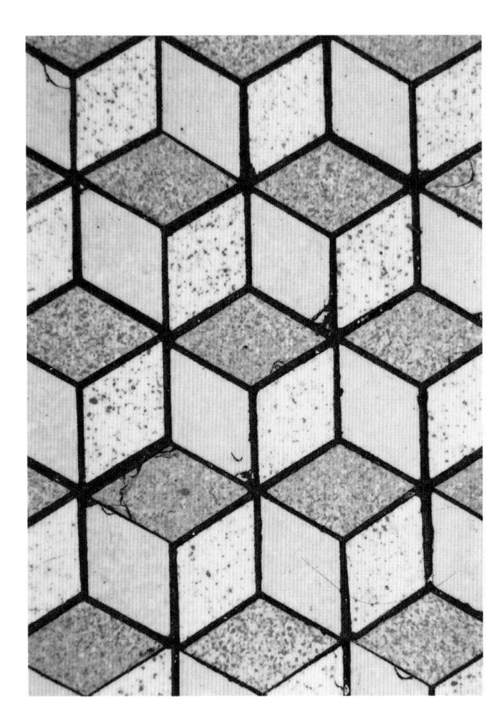

立體幾何形狀的地磚，從開業沿用至今。

六十年如一日。雖說是冰室，店內沒有冷氣，只有高掛天花板的三葉吊扇。細細凝視每個角落，可感空間裏有形的悠悠歷史。那舖外的紙皮石牆身，摺閘上鏤刻的店名，招牌下的「出爐麵飽」字樣，甫入門口那人手撳掣的雪花電視機，紙質泛黃的陳年「食物館牌照」，木卡座、迷你板櫈、鍛鐵窗花、粉綠瓷磚、幾何三色小地磚，還有一面鏡牆，另一側牆上掛着「永留齒香」的鏡匾，高懸着當年維他奶公司送給客戶的電鐘，不少收藏家曾問價，海哥都不捨割愛，如今電鐘已停擺，時光定格。

除了店內裝修，食物價錢也同樣凝在過去。承傳固有的冰室飲食文化，永香並沒有套餐，全部單點。在食物五花八門的今天，永香的選擇不多，受限於牌照，不可明火，只能勉勉強強煮食。但除了基本的餐蛋公仔

永香鋪外的紙皮石牆身，不是仿古，而是真舊。

廚房的送餐出口，海哥一人分飾多角，既是廚房水吧，亦是樓面。

麵、鮮牛麵和火腿通粉，仍有難得一見的懷舊美食。

例如薄薄的西多士，有別於明火茶餐廳的蘸蛋漿油炸厚多士，永香以薄方包蘸蛋漿，放鑊輕煎，上枱時淋煉奶搽牛油，吃時蛋香盈滿，又有煉奶甜膩；還有坊間少見的窩蛋多士，暖烘烘的太陽蛋擱在烘底多士上，以刀尖在太陽蛋中心戳下去，當蛋漿湧出來的時候，趕緊攻陷四方，切下多士的四角沾蛋漿吃，灑一把鹽及胡椒粉，更是滋味。

單點一杯飲品，已可在永香磨蹭大半天。除了奶茶、咖啡、西冷紅茶、各式汽水等，也有菠蘿冰、紅荳冰等冰飲，還有暖在心的窩蛋鮮奶，在一杯滾水或熱鮮奶加半生熟雞蛋，當飲品送到枱上後，盡快攪拌蛋花，再下白砂糖，慢慢啜飲。這道飲品又名「和尚跳海」，顧名思義，蛋黃像和尚的渾圓光頭，蛋白在滾水中化開，慢慢熟透，恍似和尚的袈裟飄飄。

牆上是當年永香開業時獲贈的鏡匾，時時抹拭，歷久不衰。

一手一腳打理

冰室的節奏悠悠，但海哥不怠慢客人。昔日永香有五位員工，如今只有海哥獨守經營，既是樓面，亦是水吧兼任小廚，還要是收銀，全部一手一腳完成，不慌不亂。開舖做到收舖，憂其操勞，他卻是不以為意，把一切打理得妥妥貼貼。在冰室陪伴海哥的，是總抿着嘴坐在同一位置看走色雪花電視的海哥母親，沉默不語卻一眼關七，從不見瞌眼瞓。

卡位設計本可細語談情，好客的海哥總是禁不住與客人閑談打牙骹。這個街坊聊天散聚的老冰室，細意暖暖。永香一派上世紀的老店遺風，淳樸的庶民氣息不言而喻，經歷一個接一個的大時代。

坊間少見的窩蛋多士，平民小食卻有高檔食法，刀叉兼用。

暖在心的窩蛋鮮奶，輕拌匙羹，與滑溜蛋黃捉迷藏。

香濃㗎啡的手寫書法大字，成為遠遠可見的醒目廣告。

維他奶公司贈送的電鐘，至今仍懸掛牆上。

◇歷史查考——

冰室

在華洋共處的香港，受西式飲食風俗影響，冰室相繼興起，為大眾提供價錢相宜的仿西式食物。冰室當時主要提供咖啡、奶茶、紅荳冰等飲品，配以三文治、奶油多士等小食，又以冰飲做賣點，部分更設有麵包工場，製造新鮮菠蘿包、蛋撻等。

冰室又叫冰廳，其名來源有二，一說為香港早年建築樓底高，餐室等地天花板多安裝吊扇，加上所賣食物以冰為主，人客享用後通體冰涼；二說為清末思想家梁啟超的同鄉以其書齋「飲冰室」之名經營食店，典雅名字沿用至今。

昔日香港受到英國殖民統治後，本地人開始仿效英國人品嚐下午茶的習慣。在好奇心的促使及本土口味的需求下，出現了各樣仿西式食物，例如加重奶和糖比例的港式奶茶，相比傳統英式餅乾更大的菠蘿包，為勞動階層補充體力流失，正是飲食在地化的展現。

在六十年代，香港政府開始釐清冰室、餐室與茶餐廳的經營條例，各自成一格。冰室只持有「細牌」，出牌寬鬆，牌照規定不能以明火煮食，只可賣冷熱飲品、雪糕冰品、以及相對輕巧的小食；而茶餐廳持有「大牌」，則無此限制，出牌嚴謹，食物包羅萬有，可以售賣粥粉麵飯等飽腹之食。

不少冰室常見的食物製作方法，如「港式奶茶製作技藝」、「蛋撻製作技藝」、「菠蘿包製作技藝」、「鴛鴦製作技藝」等，都已列入香港的非物質文化遺產清單，承載了香港的飲食文化。

不妨呷一口絲襪奶茶，細味箇中的香、滑、醇，那份濃濃淡淡的歲月滋味。

相片攝自百寶小食（已結業）。

山中日月長 是苦也是甜

永和蜜蜂場

沙田排頭村 136 號

蜜蜂的螫針有毒，
人人避之則吉。
縱使常常被叮得遍體鱗傷，
卻有人為這一口
黃金玉液求之不得。
居於山林之間，
培養了一份柔情蜜意。

永和蜜蜂場創立於一九八三年，來自廣東惠陽鄉村的葉其學，一口客家鄉音，憨厚樸實的他自幼就是一個小蜂農，家裏飼養了兩竹簍蜜蜂。葉其學自七歲便開始捕蜂養蜂，一生人大半輩子，都以採捕野生蜜蜂、生產蜂蜜為業。

新界山頭連綿，蜜源植物豐富，蜜蜂場選址於沙田萬佛山下，地理位置優越。蜜蜂的綠野仙蹤可飛行五公里，採集來自草山、針山、紅梅谷、大帽山、城門水塘一帶林區的植物蜂蜜。

蜂箱留有空隙，讓蜜蜂出入採花蜜。

葉其學在山野尋覓蜂巢，摘下第一轉的野山蜂蜜後，把整個蜜蜂家族連巢放進木箱內飼養，蜂擁而至；也會把部分木箱置於人跡罕至的深山深處，繼續培養野生蜂蜜，多年後收採味道醇厚的野生蜜糖。

蜜蜂是天生的建築師

蜜蜂天生會築巢，養蜂人自製木箱飼養蜜蜂，可提高蜜糖的生產效率。蜜蜂場內放置一列列的木製長方形蜂箱，取代野生蜂巢；在木箱的下方鑿出一小洞，讓蜜蜂自由出入蜂箱，再把蜜蠟加熱，以機器製成蜜蠟格，置於木架裏。一個蜂箱可放入六至八個蜜蠟格，並以磚塊、木板為鐵皮蓋蜂箱遮擋陽光，夏季時則留有透氣的位置以散熱。

蜂情萬種，有經驗的養蜂人懂得把蜜蜂群分房，留住蜜蜂以繁衍後代。一室不留二后，每個蜂箱只可容納一位蜂后，多於一位蜂后時，會帶着其他蜜蜂離巢飛走。春天是人工分蜂的季節，當蜂后的巢出現在多個蜜蠟格上，

三月初春，蜜蜂正在忙採龍眼花蜜。

便可進行分房的工序，把蜜蠟格放到另一個蜂箱內，以免兩個蜂群相爭。

山林之間芳草盛，一排排的蜂箱擱在兩旁，蜜蜂場內蜂隻熙來攘往，嗡嗡之聲不絕於耳。蜜蜂既採花粉又採花蜜，工蜂忙於採釀蜜糖，雄蜂坐享其成。工蜂採蜜歸巢，把體內的花蜜反覆吸吐以使其濃稠，提煉釀製約一星期，蜜糖濃稠度才會變得適中，之後以蠟封洞，直至完成整板蜂巢。湊近細看，一個個六角形的蜂箱裏，盛滿一層一層的，井然有序的蜜糖和花粉。

取蜜時要屏息靜氣，先抽出蜜蠟格，用小掃驅趕蜜蜂，以刀削蜜蠟格下方，流出色澤亮麗，氣味芳香的蜜糖，貯留少量作蜜蜂夏季的糧食。接着把蜜蠟格掛在搖蜜機上打糖，透過離心力流出蜜糖，隔去渣滓後，把蜜糖注入玻璃樽，以木塞封好樽口，完成蜂蜜製作。

永和自家生產的蜂蜜產品。

用以製作蜂箱蜜蠟格的木架，趁好太陽晾曬。

一年三季採蜂蜜

香港的花蜜多來自嶺南常見的樹種，採蜜的季節一年只得三次。春天雨粉飄搖，是荔枝、龍眼的花季，花蜜輕盈清甜；夏天採山花蜜，味道濃郁；秋冬時，野桂花和鴨腳木遍地開花，又稱冬蜜，由於花期正值翻北風的季節，花枝亂顫，蜜蜂採蜜艱巨，行內人謂之「傷蜂」，但鴨腳木蜜卻芳香獨特，可清熱解毒。

散似甘露，凝如割脂的花蜜得來不易，望天打卦，這是苦也是甜。

蜜源植物——桂花。
蜜源植物——鴨腳木。

蜂蜜製作技藝

中國人自古已養蜂採蜜，早在西周的《詩經．周頌》中，就有「莫予荓蜂，自求辛螫」的詩句；秦至西漢，開始人工飼養蜜蜂；東漢時出現文獻記載的第一位養蜂專家姜岐，以畜蜂豕為事，從原巢養蜂到移養蜂巢；西晉至南北朝，《蜜蜂賦》、《博物志》和《永嘉地記》也有詳細記述養蜂及誘蜂方法；唐宋元時期，農業興旺，養蜂業蓬勃發展，盛行人工養蜂；清朝出現中國第一本養蜂專著《蜂衙小記》，以小品文記述蜜蜂的生活習性和飼養方法；清末民國後受西方啟發，引進「活框養蜂」的技術。

香港最常見的蜜蜂養殖就是沿自西方的活框養蜂方法，鄉郊一帶的養蜂場以木箱飼養蜜蜂，定時提取蜂蜜。蜂種大多是中華蜜蜂，又稱中蜂，體型較小，但耐寒耐熱，善於覓食和逃避黃蜂襲擊；除此以外，也常見意大利蜜蜂的養殖，反應雖較慢，但密密採煉，產量豐富。

蜂蜜的味道是一個地方的縮影，按不同產地、採集花蜜的植物而不同。本地蜜蜂釀造的花蜜，大多採自廣東嶺南常見的樹種，花色不同，蜜色隨異，主要出產四種蜂蜜，分別是鴨腳木蜜（冬蜜），荔枝蜜（夏蜜）、龍眼蜜（夏蜜）、楠樹蜜。在香港經營蜂場不需牌照，現時約有三四十個小型蜂場仍在運作，集中在沙田、元朗、大潭、粉嶺、上水和東涌，出產香港製造的蜂蜜。

蜂蜜製作技藝，這個鄉郊農業的傳統手工藝，已列入香港非物質文化遺產代表作名錄。不只是一口甜蜜滋味，亦可保護自然景觀，蜜蜂在繁花間傳播花粉，讓花葉茂盛，人們與自然和諧共存。

輯三

日常起居

衡門深巷打鐵趁熱

何忠記白鐵

深水埗長沙灣道 151 號

隱身在深水埗鬧市深巷中的何忠記白鐵，屹立區內逾六十年，默默經營，見證行業的風光與衰落。何植強師傅靠一雙粗糙巧手打造出且柔且剛，如店主其人一樣低調沉穩，實而不華的白鐵日用器具。

何忠記的店名，沿用自何植強師傅的父親何忠，何師傅自幼跟隨手打白鐵的父親學習一門手藝，子承父業，棲身於陋巷之中，日復一日地為街坊打造和修補白鐵器具。

橫巷中的小店空間狹窄，白底紅字的招牌手寫上「白鐵工程」四個大字，可見這傳統行業的歷史痕跡。昔日何忠記承接工廠造風喉的大工程，隨着工廠北遷，行業式微，師傅轉行的轉行，店舖結業的結業，白鐵由大工程變成

在舊式唐樓俯拾皆是的白鐵信箱，掀蓋款式、鐵環和鎖釦等細小部件都是人手製作。

小手作。客人訂製白鐵器具，只要有草圖，輕描所需，何師傅都能依樣製作，簡易的款式甚至不用量不用度，信手拈來，分毫不差，這是幾十年功力的積累。

鐵不打不成器

白鐵以摺骨扣邊為技術，物料本身有一定厚度，把鐵片對摺殊不容易，用木拍工具逐下捶打鐵片，以摺曲鐵面，這道白鐵工藝又稱「啪骨」。而不動用一口釘地完美接駁兩塊鐵片的工藝，行內稱為「溝骨」，是打鐵的重要技巧。拿捏尺寸、裁剪鐵片、鎚子敲打、接駁摺疊、燒焊組裝，一搥一打都是學問，處處考工夫，平平無奇的鐵片扭摺成各類形狀的器皿。手作製品相比機器製作更為細緻，厚度也更薄。

巷中人長年累月埋首坐在小木櫈上打造白鐵，孤身工作。打鐵時叮噹嘈吵，沒有話伴；不打鐵時，也只有電台節目相伴，年年月月下來讓何師傅日漸沉默寡言。打鐵有噪音限制，需於日間九時後營業，至傍晚就得收鎚子。

摺骨扣邊的工藝，不用一根釘就能把平面的鐵片化身為各式各樣的立體器物。

白鐵製作是金工的一類，小店置滿五花八門的工具，鋸、鎚、鑿、銼、板、鉗等等。

白鐵即是經過鍍鋅處理的鐵片，又稱鋅鐵或鉛水鐵，耐用不生鏽，可捱日曬雨打，幾十年如一。基本的打鐵工具有尺、剪鉗、鎚、路軌、釘鐵、木拍、摺床等，經歷繪圖樣、裁鐵片、以摺床屈曲、打邊骨、打磨等大大小小工序，以硬打硬，化平面作立體，徒手以木頭鎚敲敲掭掭，成就各式器具，主要有信箱、面盆、水桶、米缸、麻雀箱等。

白鐵製品存放容易，方方正正，且不怕鼠嚙，可保存文件、衣服和棉被，本是永不過時之物，但隨着塑膠製品大行其道，令工序繁複的白鐵製品失去價格競爭力，日漸被取代。

橫巷小舖內整齊地懸掛一列的訂單、圖紙和發票，日曆提醒着何師傅依時交付。

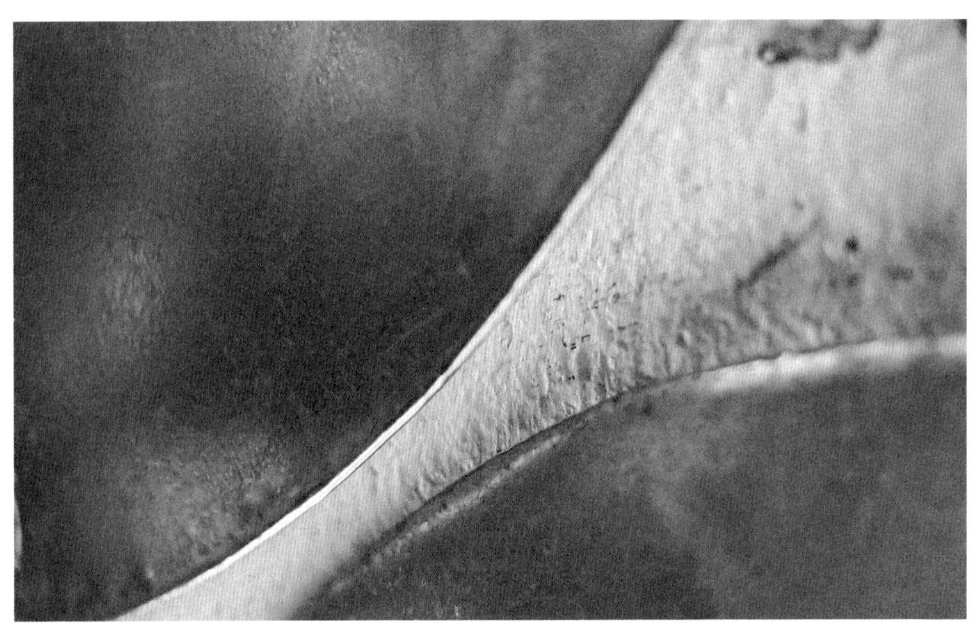

或圓或方的白鐵片，剪剪鉗鉗，直線弧線任憑創造。一片片圓圓白鐵枱面，人多吃飯時用作加大枱面，傳統的民間智慧解決貯物空間的問題。

鐵片銳不可擋，安全第一，藥箱陪伴了何師傅不少年月。

既是工具箱，又是小木櫈，在空間狹小的巷舖，總要一物二用。

白鐵器具製作技藝

中國自春秋時期已踏入鐵器時代，掌握生鐵的冶煉技術，透過熔煉、切割、鑄造、鍛造及焊接，以鐵打造農具和兵器。打鐵發展成行業，不少以打鐵維生的鐵匠，就靠一把鐵錘造出各式的生產工具和生活器具，鐵器的出現促進古代社會進步，也改變百姓的生活。

打鐵業的祖師爺尉遲恭，字敬德，是隋末唐初名將。年少時以打鐵為業，自幼習武，深諳兵刃，協助李世民打下大唐江山，後世鐵匠常奉之為行業的守護神，常見的虬髯怒目，赤膊蓬髮的門神之一就是尉遲恭。不少鐵匠家中都會供奉敬德，或在每年農曆三月廿七日的師傅誕聚首慶祝。

時光流轉，打白鐵的金工行業，在上世紀五十至七十年代曾在香港興盛，白鐵是日常器物，街頭巷尾都常見打鐵舖。在全盛時期，單是深水埗已有十多間打鐵舖。

隨着八十年代香港引入不同的生活器物材質，平靚正的塑膠製品，以及廉價的內地製品，令製作耗時的鐵器具，逐漸被低成本、高效率、流水作業的生產模式排擠於市場之外。白鐵需求瞬間沒落，無法與之相爭，行業亦隨之萎縮。匠人流失轉行，目前打鐵行業只剩十多人，即使在本地開店，多是機製，或工場設於內地，製作完成後運回香港，本地師傅人手製作的白鐵店舖日漸罕見。

在二〇一三年，白鐵器具製作技藝列入香港非物質文化遺產清單。打白鐵這一門日積月累的傳統手工藝，亦由售賣成品器具，演變成客製化產品。線條簡潔精美的白鐵，仍有不少崇尚工業風的年輕一代捧場。

柔情鐵漢自投羅網

林記鐵網

旺角上海街 484 號後巷

旺角上海街的一條後巷裏頭，
有一家鐵皮檔，
在極不起眼的位置，
稍不留神就會走過頭，
這就是林記鐵網。

紅白藍大帆布和鋅鐵皮下，藏着那舊日的巷仔靠牆舖，麻雀雖小，樣樣俱全，舖面擺放着大小不一用途各異的網具，小至茶葉過濾器、滷水膽籠、網夾、打邊爐常用的漏勺，大至各式各樣的老鼠籠、捕蟹籠、扁身的泥鯭籠、高身的金鼓籠，品類繁多，百貨應百客。但最讓人注目的，大概是店舖內掛着涤麵所用的笊篱（讀音：罩籬）。

年逾九旬的梁林師傅是一位網具工匠，從五十年代開業至今，一朝一夕過去，昔日的旺角遍地明渠，至今高樓商場拔地而起，不變的是這小巷風貌。

誤落塵網中，一去六十年，梁林至今仍堅持親身上陣，每朝從附近女人街的住所前來開檔，幾近年中無休，默默耕耘。舖頭除了他一邊擺賣一邊製作外，仍有三位年紀相若的老師傅在工場織鐵網。為了一門手工藝，一生懸命的匠人，卻搖頭嘆息悔入錯行，只因當年走投無路，別無他選，方才自投羅網。沒有脫俗的理想，只有鐵一般的世俗現實。

剛柔並濟的本領

久在樊籠裏，也造就梁林一手剛柔並濟的本領。他扭盡六壬，作品千變萬化，只為滿足客人或腳踏實地或天馬行空的訂單要求。作為一位鐵器編織師，既要有纖細心思，又要有無窮力氣。將一條條不鏽鋼絲穿穿縫縫，逐一拉緊，大力剪斷，再收好邊位，用鉗修正弧度，最後以砂紙磨滑邊沿，保證摸上去平滑，絕不剃手。

熟能生巧，梁林造笊篱，毋須畫圖量度，只憑經驗，即可準確預算不同功能的鐵器尺寸和密度。做一個笊篱，等閑花上一整天，過程全屬人手織造。為方便發力，梁林長久蹲在地上，織織復織織，體積較大的網具織造更需要長期費盡心神體力。鋼鐵是這樣煉成的，辛

高身的是一般金鼓籠，扁身的是泥鯭籠。

淥麵所用的笊篱，雲吞麵店必備之物。

梁林師傅的巷中生活。

苦之餘，利錢不高。如今行內的鐵網店，除了港島區弓弦巷的張蘇記，整個九龍區，大抵就只剩下林記鐵網這一家。

笊籬妙用

笊籬的用途廣泛，除了用以分隔湯麵，又可撇去浮油，湯頭清而不膩，竹柄長長，防止滾油濺到庖廚。處理煎炸物的笊籬，織疏一點，避免油分積聚。而煮雲吞麵用的笊籬，織得細密一點，以防麵條滑走掉落；且要弧度適中，在充裕空間伸展麵身，受熱均勻，讓鹼水滲出不留苦澀；又要夠闊身，以平躺麵身，讓師傅均勻地澆上最後一勺冷水，保持麵質爽滑細韌的口感；竹柄的彈力充足，雲吞浮上水面時，師傅一拍笊籬，數粒雲吞順勢落入碗底，每粒皮薄而不破損，最後置麵於上。湯頭、麵質、雲吞，全部講究。製作笊籬，除了懂鐵器手藝，也要熟悉煮食學問。

工欲善其事，必先利其器。名不經傳的巷間小舖，出品的的笊籬卻是香港不少老牌麵家

每天開舖掛出貨物，陳設妥當；收舖則逐一收回網具。

鐵器編織師，既要有纖細心思，又要有無窮力氣。

的不二之選，樂園、明苑、添樂園、適來園、好旺角、深仔記、江仔記等等，都是林記鐵網的多年長情客。一碗味美的雲吞麵，師傅廚藝固然重要，一個合適的笊篱也必不可少。

梁林做的笊篱，手工好且用料上乘，非常襟用。笊篱以鐵線綑綁篱網和手柄，篱網只用日韓製造的三〇四不鏽鋼絲，韌性高，彈力夠，抗腐蝕，又可耐高溫；手柄選用六七年的老竹，原條粗幹購自上水，裁切成合適長度，人手反覆打磨光滑，厚實耐用，手感極佳。舖內亦有比尋常笊篱更大一號的款式，以木棍作為手柄，是昔日本地染廠所用，當年旺角染布房街尚有染布廠，即使廠房搬離了，仍有跟梁林訂造工具。

放下手中鐵

隨着八十年代中國改革開放，內地開設鋼廠，加上本地廠房北移，不少機器加工的鋼鐵製品供應香港。在量產浪潮下，機製產品價廉且質素穩定，日漸普及，傳統手造網具大受挑

角落豎放着一綑短竹，用以製作笊籬手柄。

除了售賣現貨，也可訂製和維修網具。

密度不同的一張張鐵網，如同布辦一樣。

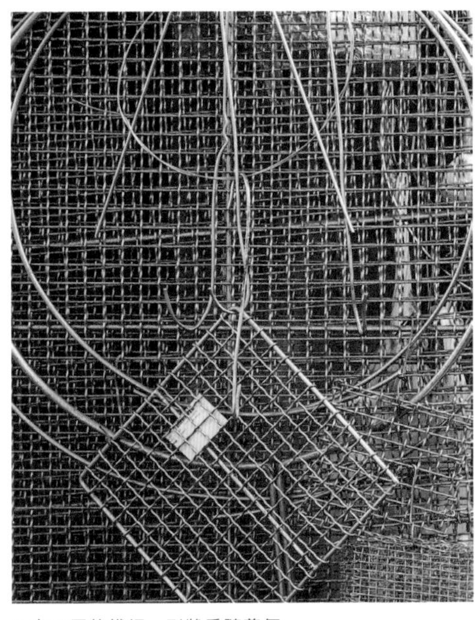

可方可圓的鐵網，形狀悉隨尊便。

店舖內掛着不同大小的網具。

戰，只有冷門的魚籠蟹籠仍有小眾市場，但已是年邁的長情客。鐵網工匠面對青黃不接的窘局，慢慢地流失。

歲月不饒人，經驗再純熟的老師傅也會力有不逮，放下手中寸鐵的一日終會來到。網中人梁林入行的那年，大兒子才剛出生，如今子孫成群，但都無意繼承一身巧手功架。香港有不少傳統行業，面對工匠老化和價廉機械製品的威脅，絕門手藝或將失傳。再鋒利的鐵器都有生鏽的一日，轉念一想，生了鏽的鐵器，都曾有過鋒利的日子，林記鐵網這間老字號就是如此。

雲吞製作技藝

人在異地，最思念的往往是一碗熱騰騰的雲吞麵。追本溯源，古時包餡的麵食叫作餛飩，據說起源自宋朝，高懌的《群居解頤》曾記載：「嶺南地暖……入冬好食餛飩，往往稍喧，食須用扇。」每逢冬至，家家戶戶包餛飩祭祖，祭祀完畢，全家長幼分食祭品，後來餛飩傳入市肆，由小販肩挑售賣。在清末民初時，廣州西關一帶已有不少麵檔。相傳同治年間，湖南人在廣州開三楚麵館，專賣飽腹麵食，雲吞麵亦在其中，彼時按湖南食風煮製，厚皮包豬肉浸淡湯，粗糙食法幾經改良後，變成以薄皮包肉餡蝦仁，自始被爭相仿傚。

後來，「餛飩」演變為「雲吞」，音近而命名，雲吞麵又可稱為「蓉」，名字從芙蓉面衍生而來，形容貌美女子，比喻作靚麵，以抬身價，按分量分為細蓉、中蓉和大蓉。說法源自昔日的廣東富裕人家，西關大少嘴饞時以雲吞麵作宵夜點心，分量減半；而黎民百姓從事勞動工作，飽肚至上，完整一大碗分量盡擁懷內。

二三十年代，不少廣州人移居香港，沿街不少雲吞麵攤檔。廣東雲吞與外省的菜肉餛飩截然不同，香港沿海，雲吞麵加入鮮味特色，餡料有豬肉、蝦肉、大地魚粉末。隨着經濟好轉及牌照原因，街邊麵檔逐一搬入地舖，大街小巷隨處可見雲吞麵店，平民草根卻又經典，不少雲吞麵店更成為米芝蓮推介。在廣州擁有八間池記麵店的創辦人麥煥池，移居香港後，兒孫開創了大名鼎鼎的麥氏雲吞麵世家。

一碗熱氣氤氳的雲吞麵，一勺溫熱的湯，一箸爽口的麵，吃罷飽暖入懷，餘味無窮。雲吞製作技藝已列入香港非物質文化遺產，當中淥麵所用的笊篱，多出自本地的鐵網工匠，與雲吞麵業共生共長，傳統行業互相扶持，造就彼此。

相片攝自麥奀記（忠記）麵家。

半生並肩同撈銅煲

炳記銅器

油麻地咸美頓街1號地舖

位於油麻地的老字號炳記銅器，陸炳師傅於一九四〇年代帶着一門敲敲錘錘的打銅手藝，從內地移居香港創業，陸樹才和陸強才繼承父業，多年以來兩兄弟同撈銅煲。

從屋邨鐵皮屋，到炮台街地舖，然後遷至咸美頓街現址，流流轉轉之間，已逾八十年歷史。已屆花甲之年的陸氏兄弟彎腰大半生，投身於打銅一行，從一而終，手足並用，經歷由盛轉衰的手打銅器行業。

五六十年代銅器一度在香港盛行，全盛時期逾一百位打銅師傅，當時內地銅業完全停頓，香港製造的銅器更曾出口外地。幼年時無心向學的兄長陸樹才，自嘆讀書不成，不為興趣，只求一技傍身。甫成年，就已在店內當學徒，跟父親學師，弟弟緊隨其後入行。「銅聲銅

竹報平安，不啻萬金，裝飾多於實用。

氣」的兄弟，朝夕共處一舖數十載。打銅的技藝日進有功，一錘一寸進。兄長是萬能老倌，畫圖、造樣板、製作成品，樣樣出色，打銅技藝獨步香港，手造銅器店只剩此一家。

說來容易，打銅工序又何止三部曲，由選料、裁剪、熔鑄、切割、焊接、彎曲、穿孔、鍛打、鏨刻、退火、定型、磨礪、抛光，步步繁複，方能將銅器鍛打成型。

爐火純青之時

巷間隱隱聞敲韻，傳來叮叮噹噹的清脆響亮聲音，炳記每日如常敞開大閘，舖內燈光黯淡泛黃，金漆紅底的招牌下，散落一地的金屬材料泛出炫目的光澤，伴隨各式各樣的鏨子、鎚子、鐵砧、刻刀，林林總總，各司其職。打銅本要趁爐火純青，舖內沒有冷氣，只有緩緩轉動的天花吊扇，度過炎炎夏日。

一塊毫不起眼的銅皮經歷千錘百煉，置於在煤爐炭火中，燒軟後再錘打，冷卻變硬後，放入爐回火燒一遍，復又再錘，一錘一錘敲出

終日彎腰曲背錘打銅器，舖內盡是高高低低的方木櫈。

一個個粼光閃閃的銅壺，一鎚一印記，細緻的錘目紋，密麻麻的捶花連接在一起，手作的錘印、紋路和肌理，讓每件器具都獨一無二。

自從老馬識途的蔡瀾在著作內提到炳記銅器，不少客人慕名而到炳記訂造器皿。昔日曾有不少酒樓的訂單，例如銅製的鍋具、點心托盤；也有傳統餅家訂造銅鍋炒蓮蓉，不易焦糊，以保色澤誘人，相較之下，用鐵具則容易變色；也有不少粥舖訂造銅煲，例如以生滾粥品聞名的妹記，銅煲傳熱快，火候剛好，粥品香甜；近年也承接涼茶舖的訂單，黃澄澄的葫蘆大茶壺閃爍門面。最讓兄弟引以為榮的，是沙田馬場的大銅鑼，約重四十多磅，花數日才完成。

除了商業訂單，亦有不少篤信風水的客人購買神樓器具、轉運風車、銅鑼銅鈸等，甚或是銅鞋，嫁女時在臉盆內放置一雙銅鞋，寓意同偕到老。訂製的銅器，客人多會自攜設計圖紙。除此以外的產品不需圖紙，器物尺寸了然掌上，師傅憑藉手藝記憶，完成一件件銅器。

使用經年的木椿，經歷了千錘百煉。

外型的骰的煤爐，用來焊接銅片。

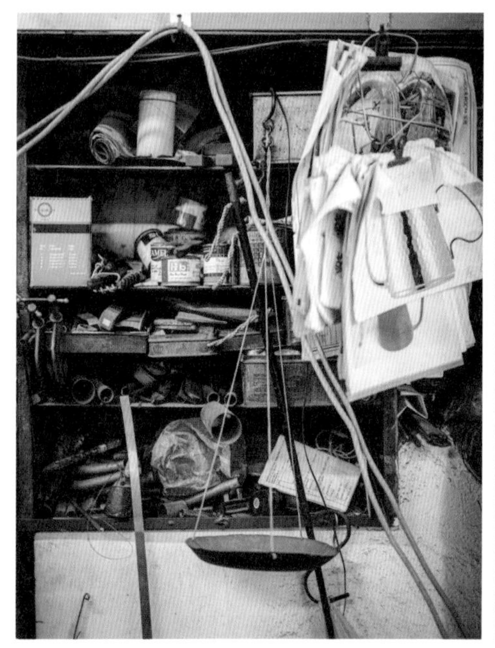

亂中有序的打銅器具和器物圖紙。

輔助塑形的鐵椿和模具，或方或圓。

方方正正的原材料銅片。

磨拋的工具。

以鎚子把鐵樁安裝入洞。

剘字畫花的墊板。

異域趣味香油壺，是近年的得意之作。

牆上的各式舊電掣，沿用多年，歷史況味油然而生。

銅料主要分紅銅和黃銅，紅銅即純銅，又名紫銅，外觀呈紅色，具金屬光澤，有延展性和導電性；黃銅即銅和鋅的合金，外觀呈黃色，相對耐磨；青銅是純銅加入錫或鉛的合金，是金屬冶鑄史上最早的合金，熔點低而耐腐蝕。銅色各有所好，但不論紅銅、黃銅或青銅，銅器的色澤會隨歲月改變。香港的潮濕氣候，令銅容易產生藍綠或青綠色的銅鏽，但也有客人執愛銅鏽，反其道而行，特意請師傅們以醋加快鏽蝕速度，增加歲月痕跡。

堅韌耐用的手打銅器，比人更可抵歲月的鎚鍊。轉眼已銀髮的兄弟並肩半生，面對行業式微，師傅相繼退休，被問後繼可會有人？兄長語帶唏噓，直抒胸臆地大嘆辛苦，若再回頭就不會入行，縱然敬業未必樂業。人無再少年，恰是此意。

閃光的銅碟，鑑照出陸師傅的精湛手工。

炳記銅器的鏤空摺閘，銅錢通花款式。

數十把散落一地的鎚子和鑿子。

打銅技藝

不打不成器的銅，古時稱「金」或「吉金」。上溯至春秋戰國時期，嶺南地區已踏入青銅器時代；西漢南越王墓曾出土五百多件青銅器，展現一幅貴族奢華的生活畫卷；唐代陸羽的《茶經》中，有銅製茶器的記載；至明清時期，廣州、佛山、潮州一帶的打銅店成行成市，廣州十三行的商貿興旺，將西關銅藝推至鼎盛。外國人經商時尋購慣用的銅製器皿，西關人遂從江浙一帶請來師傅學習打銅技術，依樣模仿。諺語稱「蘇州樣，廣州匠」，說的就是蘇州的打銅技術，聘用的卻是廣州的打銅工匠。歷經百年，西關大戶居家都會使用銅製的鍋碗瓢盆，即使是小康之家，也必備銅器鎮宅傍身。

至一九五八年，內地將銅收歸國有，應「全民大煉鋼」的號召，西關人捐出家藏的銅器以支援國家建設，各式器物扔進了火爐，再到後來的「除四舊」，傳統手藝也隨着眾多師傅改行而失傳，銅器漸漸淡出西關人的生活。在二〇〇九年，「西關打銅」成為廣東省非物質文化遺產。

香港的銅器行業在六七十年代蓬勃一時，五金一行創業風氣濃厚，約有十數間同類店舖。在不鏽鋼及塑膠壟斷市場前，生活日用的盆、爐、壺、鍋幾乎都是銅造，銅器傳熱快，不少酒樓和粥店都採用銅煲，煮食火候十足，也有不少冰室採用銅製手沖咖啡壺、茶樓採用銅製水煲、涼茶舖採用銅製葫蘆。除了實用功能，銅器有「辟邪」的風水用途，因此時時用作香爐、油燈等神前和廟宇用具，兼具宗教作用。但如今隨着老師傅相繼退休，年輕學徒紛紛轉行，手打銅器店一間間消失，只剩下碩果僅存的炳記銅器。千錘百煉方成器，銅器鍛造和打製的手工藝，成就一件件的日用品、工藝品、樂器、供器。打銅不僅是一種手藝，更是一種廣府文化的傳承。

利和秤號
27716471
多謝光顧
利和秤號
敬啟者
利和秤號
Lee Wo Steelyard

半斤八両 物輕秤重

利和秤號

📍| 油麻地上海街 345 號橫門
油麻地上海街 327A 號

在油麻地熙來攘往的果欄旁，橫街裏的一爿小店是碩果僅存的鐵秤舖——利和秤號。年近八旬的第二代事頭婆何老太，每天如常開舖營業，爬上爬落，把大中小秤分門別類逐一掛起，默默守着父親留下來的秤舖。

靠牆而立的利和秤號，由何老太的父親黃源璋創立於三十年代，至今已近九十年。在秤的一端，父親養育之恩如千斤重，陪她走過沉甸甸的流金歲月。父親十二三歲上廣州拜師學藝，琢磨多年，當打雜跑腿，跟頭跟尾，第四年始正式學師做秤。學成歸來後，十七歲就在一間藥材舖的外牆自立門戶，店名「利和」寓意「利人利己，取得和諧」之道。何老太十三歲就學習製作小秤，與父親學師的年齡相近，在黃老先生在七十年代過身後，女承父業，堅

由於靠近果欄，也售賣牛骨製的柚皮刀。

百子千孫尺，傳統中式婚慶用品，祝福新人幸福綿長。

秤不離砣，一端是秤盤，一端是秤砣。

秤桿的選材挑剔，精細的藥秤及金秤用牛骨；最為普遍的味秤則用坤甸木，用於廚房秤食材分量。

店內掛上一張舊照，是何老太的父親與師傅們。

守着伴隨她成長的檔口，一業守命，如今已是大半生。

昔日朝行晚拆的木板鋪，現已搖身成鐵閘鋪。三呎乘六呎的鋪面，僅有小小立足之地，日曬雨淋，弱不禁風雨，但雨粉飄飄的日子仍然開舖，飽歷風霜。幸好不佔鋪位的牆位牌照，只須交牌費，不用交租，令小鋪免受加租之苦，繩頭微利下猶能繼續經營。

斤斤細量的時代

五十年代是秤號的黃金時代，當年油麻地未填海，果欄後就是避風塘，賣秤的生意很好，客人各購所需。漁船來買魚秤、街市檔口來買豬雞鴨肉秤、酒樓廚房來買味秤、金鋪來買金秤、藥材舖來買藥秤，各行各業統統都要用秤。秤以外，還有果欄專用密底算盤，作議價之用；還有不少待嫁新娘，覓百子千孫尺作嫁妝之用。

當年店內曾有三個師傅日夜趕工，各自負責不同工序。如今只剩下同樣步入耄耋之年的師兄，仍然在元朗家裏閉關做秤；隨着年老而雙目日漸昏花的何老太，目前只能做上油、磨光、穿繩等工序，一份不懈的堅持，只因對亡父的不捨，又不忍兒孫再續其艱辛工作，傳不過三代，或許到她這一代就會止步。

造秤的學問

一把秤可用一世，不易有回頭客。偶有肉秤在豬肉枱誤被一分為二，或是魚秤因久泡鹹水而壞，最常見是小販走鬼時，忙不迭間被沒收做生意的秤，再來光顧。磅的彈簧濕水易壞，防水的秤相對襟用。桿秤上銅線鑲入的秤花若日久失色，以沙紙一拭就回復清晰刻度。唯獨秤耳最易磨耗，軟身的棉繩易斷，改用硬身的尼龍，換過秤耳又可再經年月。不只耐用，看起來結構簡單的秤，原料、造法、用法也應不同種類而異，是一門引人入勝的學問。

秤桿的選材挑剔，精細的藥秤及金秤，本用象牙作桿，現改用牛骨精心製造；味秤選用坤甸木，木材密度高，防水強韌耐腐抗蟲蛀，用得越久，顏色越深沉，氧化後更具光澤。

造秤的工序繁複，選料、刨圓、制坯、校秤、刻度、鑽秤花、釘秤星、打磨、上色、拋光、配砣、裝鈎、校正、成型，全手工製作，反覆校對，馬虎不得。在校秤的時候，風扇都

量度小巧飾物所用的金秤，附設量身訂造的木匣，昔日不少金舖的伙計都手執一把。

要關上，如有不慎計量出錯，秤則報廢。

秤的用法也是學問，十六進制的度量衡制度，一斤等於十六両；一両等於十錢；一錢等於十分；一分等於十厘。手執秤耳，秤上的二或三條繩子，多少條秤耳，就有多少行刻度，以量度不同重量，或一斤、或一両、或一錢、或一分。重物宜用頭耳，輕物宜用尾耳，按拿繩的方法，每刻度重量及量度單位不一，逢四、八、十二的刻度更刻上星花，方便閱讀。在不同秤耳之間，刻度不多重疊，以求量度更廣闊重量，以物盡其用。

自一九七六年開始，港英政府為與世界的商業市場接軌，力推使用十進制的度量衡制度，宣傳語云「採用十進制，公道又易計」，加上隨着計量工具的推陳出新，各行各業紛紛轉投彈簧磅、指針磅、電子磅。傳統秤日漸式微，年輕一代已不識斤、両、錢、分、厘，小小的秤蘊含平衡的中庸之道，傳統智慧和文化內涵漸漸失落，手作造秤的匠人已寥寥無幾。

已屆耄耋之年，何老太目前只能做上油、磨光、穿繩等簡單工序。

空間窄小的靠牆舖，掛滿一列各式各樣秤具，父女之情卻難以秤重。

利 和
電話號碼 27716471
24269560
手提-98157549
多謝光顧
與本
2
天天平安
百子千孫木尺
利和秤號
Lee Wo Steelyard
A 50-year old bicycle shop
Yau Ma Tei Theatre
Royal Garden

木桿秤製作技藝

秤作為民間日用衡器，象徵着公平交易的開端，在中國已有幾千年的悠久應用歷史。

相傳秤由春秋時的科學家魯班發明，根據北斗七星和南斗六星，在桿秤上刻製十三顆星花，定一斤為十三両，自始農業買賣以秤論斤両；秦始皇統一六國後，繼承商鞅變法，添加「福祿壽」三星，改一斤為十六両，並頒佈統一度量衡的詔書，秤自秦朝就已在民間使用，到南北朝時廣泛應用，在南朝畫家張僧繇有一幅《五星二十八宿神形圖》傳世，圖中就有人手執秤桿。

秤不離砣，砣叫權，又稱為砝碼；桿為衡，就是公正，秤桿加上秤砣即為「權衡」，一詞由此而來。桿秤不僅是稱量的工具，更是古老的公平理念與權衡哲學。秤毫是秤上的繩紐，約秤時，告誡用秤者要明察秋毫；而秤星最末的三個是福、祿、壽，倘若短斤少両，則損福、傷祿、折壽，憑良心論斤両，秤砣與秤盤之間此起彼伏的交易，不只秤物，也秤人心，願付出與收入等價交易。

木桿秤製作技藝作為華夏文化的精粹，已列入中國的非物質文化遺產名錄。儘管如此，香港從十六進制步向十進制，目前只有寥寥可數的秤店仍然經營，大多已被新式磅店取代。市面多見便捷的彈弓磅和電子磅，慢條斯理的傳統木桿秤已難得一見。不諳使用木桿秤的人，常有商人呃秤的不良印象，對秤重半信半疑，非秤不夠精準，而是人失去信任。一如正義女神手握的天秤，縱人心扭曲，但數字不誤，公平是香港人仰賴的核心價值。

報稅
梁老易
中英
法庭文件

紙短情長 字裏人間

報稅及書信攤檔

📍| 梁顯利油麻地社區中心（舊址於油麻地玉器市場）

油麻地玉器市場的一隅，
整列報稅檔攤成了一條書信巷。
手寫招牌林立，
藏身着大隱隱於市的代筆之士，
報稅也寫信，除了筆尖的計算，
書信對白也婉轉，用文字寄他人託付，
自身也是故事，在人海中等惜字緣。

七十年代是報稅生意最興旺的時期，龍蛇混雜的油麻地，全盛期多達四十多個攤檔匯聚，置身其中的有高文化學歷的退休教師、熟悉政府文件的退休公務員，以至被革職的高級警司，每檔各司其職。一盞油燈，一部打字機，一張木枱以及腹內幾分墨水便可開檔。從雲南里到玉器市場，近月遷至梁顯利油麻地社區中心，經歷幾度搬遷。

每逢四月到十月是報稅旺季，各大檔攤都忙得不可開交，忙中或有亂，但數目要分明；

報稅檔的手寫木招牌，貼地草根的味道。

至十月後生意相對淡靜，但仍承接新店開張的文件填報。

報稅師爺

梁老易報稅的檔攤，檔主不姓梁，他是陳球。已逾七旬的球伯，本是越南華僑，家境小康，讀至中學，在當地曾替美國哥倫比亞電影公司任職會計，學會處理報稅文件，精通中、英、法、越四種語言。越戰時局紛亂，遂在七十年代逃難偷渡到香港，學歷不被承認，起初在尖沙咀當酒保，後來在朋友介紹下，於雲南里的報稅檔兼職當助手，猶如基層秘書，開始報稅師爺的生涯。梁老易是他的舊拍檔，三十多年前已去世，檔口沿用舊名。如今伴隨球伯報稅的，只有打字機、算盤和計算機，以及政府規定保存七年的一整個文件櫃的報稅單據。日子有功，他用算盤較計算機更為熟練，相互核數時，客人用計算機，他則同步用算盤，以確保數字無誤。

旁邊的喜臨門，傳來粵劇的鑼鼓聲，檔攤

喜臨門的店主徐伯，人稱「新羅品超」，粵劇功夫耍家。

牆上貼滿不少粵劇名伶海報。年近九旬的店主徐伯，原名徐麟堂，藝名「新羅品超」，是享譽粵劇界的文武生，與芳艷芬、林家聲同門，大老倌一身功架十足。昔日戲班不時常開戲，生活勉強，單靠唱戲難以餬口，徐伯就跟除牌律師學一技傍身，替人寫信填表報稅，承接小巴、的士、貨車司機和小商家這類無限公司的生意，收費遠較會計師樓廉宜。入行至今已逾五十多年，轉眼半世紀，多勞多得，以報稅養活粵劇興趣。

鄉愁寄語

玉器市場門口側，還有三個寫信的檔攤，全部由女檔主經營，專做女性生意，當中不乏退休女教師。檔口以長布遮掩，隱藏顧客身份，以保障客人私隱。光顧的客人多是附近煙花之地工作的馬姐、舞廳小姐、妓女等，來檔攤代筆傳情，書寫感情事，締造段段美好姻緣。也有不少離家別井的異鄉人，生活艱難，投寄書信以節省昂貴的長途電話費，耳語低迴

初
得永生
福

梁老易報稅檔，常駐的是年逾七旬的檔主陳球。

玉器市場的一隅，擺放着一台舊式打字機，昔日一枱一櫈已可開檔謀生。

油麻地區內有不少基層行業，昔日經常惠顧報稅攤檔以填報各項文件。

都是鄉愁，閑聊家長裏短，報喜不報憂，念叨着對親人的寄語，以打字機敲打一個個字符情話，用筆寄託思念，一封家書抵萬金，在此卻收費廉宜。

經歷數度搬遷的油麻地報稅檔攤，如今為配合中九龍幹線的興建而一遷再遷。從昔日撐陽傘營業，到現在有頂蓋遮蔭，生意卻遙遙不復當年。往日，檔攤很早開門營業，從早忙到晚，旺季時客人還得排隊等候，如今朝十晚六的場地管理下，檔主們攞涼一整日，閑聊敘舊的多，接生意工作的少，傍晚準時關門。報稅檔攤持有政府發出的恩恤牌，讓傷殘、退休人士自力更生，牌照無法轉讓，年老的檔主離世或退休就會沒收。在時代巨輪下，夕陽行業如今式微，僅餘最後數名報稅師爺；舊客一再移步，追隨着這些代筆之士託付書信文件。

◇歷史查考——

代筆之士

代筆之士不只是一個職業，也是昔日一個情感訊息傳遞的重要橋樑。

在那個車馬俱慢的古代，見字如見面，一封書信抵萬金。讓人代筆的記載，多是古代皇帝命令大臣代寫聖旨文書，除此以外，多是官員之間的往來信函代筆，以公牘為主，私信甚少；至清代後期，隨着師爺、幕客一類佐吏的數目增加，代寫信者也日漸增多，書信以端正勻圓的楷書寫成，客套話多，如李鴻章、胡林翼、彭玉麟等重臣，公私信箋往來頻繁，應酬繁重，故有讓人代書的習慣，另外也有不善書法者找書法秀美者代筆的做法，可見古人作書信，均以慎重態度。

在通訊落後的四十年代，香港盛行寫信的檔攤，當時電話還未普及，人際之間遠距離的交流多以書信互通消息，遇上急事始用上昂貴的長途電話或發電報。及至五十年代，香港經濟發展起步，各行各業逐漸興起，當年不論申請安裝電話、電錶，均須以英文填寫政府申請表格或匯報。由於其時教育未普及，小市民不諳英語，處理文件時常因艱深術語卻步，政府又欠缺諮詢渠道，只好求助寫信師爺。在油麻地雲南里一帶，約有四十多名師爺搭屋仔開業，提供讀信、寫信、報稅、申請領牌等服務。寫信報稅的攤檔成行成市，政府遂於六十年代開始發牌規管行業。

回歸後政府推行兩文三語，中文成為法定語文，呈交的政府文件均可用中文填寫，諮詢渠道增加，加上普及教育，市民教育水平上升，報稅檔的生意隨即一落千丈；而且科技發展，電話普及，通訊程式盛行，早已沒有代寫家書的需求。隨着社會進步，百業分工，各有所司，法庭文件、報稅事項均有專業的事務所代辦，傳統的書信檔攤只可代辦無限公司的報稅事宜，無法與之競爭，生意日益淡薄。

保存業務紀錄

一生懸命 安分木頭人

天生萬物皆以養人，人無一物以報天。來自大自然的樹木，養活了永興祥砧板一家數十年。從深水埗到油麻地，再到大角咀，永興祥輾轉搬過數遍，總算在此安定下來。

步入窄窄長長的舖內，一室古樸的老樹氣味，木頭的溫暖色調與深沉暗黑的環境對比強烈。從上手辦館一直沿用至今的原裝綠白色花磚上鋪滿一地木屑。靠牆的一列圓木塊，層層疊疊，多個半身高用來浸水的藍色大膠桶，舖內一隅的木製辦公桌被深深埋藏。永興祥的店是租來的，這一租就已三十多年，業主未有大幅加租，置身舊區的大廈還未開始重建收購，尚且留得住這老舖。

永興祥現由年近六旬的曾德華打理，作為家中長子，年幼時的他一放下書包就已在木廠

永興祥砧板（已結業）

大角咀中匯街 31 號

店內放滿原木材料，未經打磨修飾的木塊質樸無華 。

內爬上爬落，也自自然然地繼承父業，背負着老父曾吉一段顛沛流離的創業故事。生於異代不同時，但有其父就有其子，二人都不談理想，鬬（讀音：鬥）木是為勢所逼，只為搵兩餐飽飯，淡然以對工作，一做大半生。

生活似水流柴

來自番禺的創辦人曾吉，生於上世紀二十年代，一生似水流柴，如同河流上漂浮的柴枝一樣到處漂流，流離失所，直至在永興祥安定下來。他幾歲就與父母來港，但雙親在戰亂中相繼離世，無依無靠，也無家無業，一度回鄉謀生。直至戰後，一切平定，曾吉又回到香港。起初在深水埗的永安隆做木工，一邊鬬木一邊學習，日久工多藝熟。成家立室後，仔細老婆嫩，為一家生計自立門戶，在五十年代於同區開砧板廠，創辦永興祥，自設一條龍的木工場，辛辛勤勤造砧板賣予缸瓦舖，一塊賺三毫子，薄利多銷。三十出頭就投身木頭堆之中，一晃就六十年。

印有招牌及地址的鏤空字模鐵皮，鏽蝕可見使用多年。

外剛內柔的砧板

從原條木頭到一塊砧板，經歷十多道身水身汗的工序。來自福州的深山樹木經鎅木廠開木，將樹幹鋸段至四五呎長，經水路運送至西環碼頭，再陸路運輸到舖內，置於水桶內浸軟一星期，方可取用加工，以機器剒成一塊塊小圓板，再刨木、打磨、鏟至平滑，搬搬抬抬，擒高擒低，箇中辛苦不足為外人道。

看似硬邦邦的一塊木砧板，內心柔軟。木頭內的植物纖維緊密排列，同時保留細微空隙，砧板受劇烈衝擊時，內部結構彈性微調，既吸收一部分衝擊力，又可避免刀刃硬碰硬傷，或因重刀一劈而側滑，刀走偏鋒而割傷。

口耳相傳的生意

除了家用砧板，永興祥的另一主要收入來源是度身訂製的豬肉枱和燒臘枱。師傅親自上門度尺，鋸下原塊木，打磨後嵌入砧板，不斷修修改改，直至無縫貼合。訂製服務應客之所需，能人

舖內沒有安裝冷氣，炎夏間，只有天花一把吊扇乘涼。

工欲善其事，必先利其器，舖內置滿各式𠝹木工具。

吊起重重木頭的裝置，自父親去世後，已停用多年。

用作櫈子的一塊舊木頭，從父輩沿用至今，坐過兩代人。

永興祥砧板的店舖貓，深受街坊喜愛。

所不能，現貨砧板無法比擬。這些年來儲了不少回頭舊客，一切只靠口耳相傳。

一般肉檔的師傅渾身是勁，狠狠地劈，刀刀入木，傷痕纍纍的砧板每每一個月就要更換。然而，一塊家用木砧板保養得宜，可以經年累月。每次用後以熱水高溫沖洗，或以粗鹽擦洗辟味，切忌使用清潔劑，殘餘的化學物質可令木材腐爛，也或會污染食物。木砧板容易乾裂，也易刀下留痕，保持濕潤方可經得起千刀萬割，肉類的油脂可保護砧板，也可用椰子油額外呵護。

每個人的家裏，總有一塊砧板。永興祥的生意在七十年代最旺盛，父親曾吉的手腳忙個不停，太太打點店務，四個兒子也落舖幫忙；到八十年代，生意開始沒落，內地的砧板供應香港，人工低售價廉，本地貨如俎上肉，難以匹敵。加上各地限制伐木，政府規管只可入口環保木，運費增加，租金上漲，不少本地同行紛紛轉型經銷，或將廠房北移。唯獨永興祥，這些年來不越俎代庖，沒有其他木製品，獨沽一味紅杪木砧板，如木頭一樣安分守己，踏實沉穩。

十年樹木，百年樹人。曾吉以高齡離開人世，如今長子接手，與年邁的母親一起顧店，弄貓為樂。以不變應萬變的老舖，縱使生意微薄，行業青黃不接，造砧板的手藝將近失傳。工作固然辛苦，不辛苦怎得世間財。餐搵餐食，只要一日要吃飯，就一日仍有砧板。

度身訂製的街市豬肉枱，鋸下原塊木，打磨後嵌入砧板。相片攝自油麻地街市。

永興祥的門口，一地木屑。

靠牆一列木塊，層層疊疊像積木。

砧板製作技藝

古時的砧板，稱之為「俎」，除了有石砧板、木砧板，還有木製漆飾和青銅鑄造的砧板，多以長方形為主，而非今日所見的圓形。

早在虞舜時代，古人已用樹木造俎，一面平台加四條木樁，用以擺放祭牲；及至商周時期，俎作為禮器，外觀具審美要求，以青銅鑄造，不只講究造工裝飾，也區分功能，在宗廟祭祀時用來盛放家畜，但不可盛載鳥獸之肉，因為祭祀是國之大事。《左傳》就曾記載「鳥獸之肉不登於俎」，廚師在祭祀完結後，在俎上切肉分食；春秋戰國後，俎成為宴會裏的日常容器，盛裝魚肉，庖廚在賓客面前於俎上分切食物；漢代飲食文化遠超從前，俎從堂前退到灶房，成為專職切割食材的墊板，材質多為木頭製造，改名為「椹」，現今常用的「砧」是其異體字。

古時的黎民百姓使用的是簡樸的石材或木質砧板，而富賈豪紳、帝王貴族則使用華麗的木漆砧板或特製的青銅砧板。發展到今日，現代砧板常見的材質繁多，松木砧板多為燒味店及餐廳選購，用於斬雞、切燒味；櫶木砧板質地密實，不易留痕，屬一般家用砧板；京木砧板多為壽司店使用，質地柔軟，主要用作切魚生；櫸木砧板美觀多於實際，用於西餐廳墊麵包。除了木材，亦有竹、塑膠、金屬及強化玻璃等材質。

製作砧板的工序，依次是到林場選購木材，切段切片，再刨木、打磨。講究手作工夫的砧板製作技藝，已納入香港的非物質文化遺產名錄。時至今日，由於膠砧板的強力競爭，加上廠房租金高昂，本地砧板製作店鋪寥寥可數，大多是轉移廠房至內地製作，再於本地銷售，而永興祥、萬記、利恆等老店仍有製作豬肉枱。

相片攝自油麻地街市。

瓷緣畫意 港彩流金

粵東磁廠

📍｜九龍灣宏開道 15 號九龍灣工業中心 3 樓 1-3 室

曾幾何時，
香港有過輝煌的彩瓷業，
港彩將東西美學共冶一爐。
粵東磁廠是香港碩果僅存的手繪瓷器廠，
近百年來堅持一貫理念，
見證着香港的瓷業發展。

粵東磁廠作為行內老字號，從名字可見悠久歷史，用古字的「磁」，與「瓷」相通，本意指由磁土塑形燒製而成的瓷器。在一九二八年創立的粵東，至今已有九十多年歷史，在一九八六年遷至九龍灣現址。

隱身在九龍灣一棟工廈的粵東磁廠，店舖在寂靜的走廊盡頭，跨門而進，別有洞天。琳琅滿目的各式瓷器，狹窄巷道兩旁，堆滿成千上萬的瓷器製品，小如碗碟、大至花瓶，不論年份和大小，互相堆疊在一起，蒙上灰塵，任年月逝去。尋寶客得躡手躡足，像貓一樣行

大隱隱於市，粵東藏身於不起眼的工廠大廈內。

走，怕會碰到脆弱的瓷器珍品。藏身於碟山碟海，恍如置身歷史迴廊，山窮水盡疑無路，柳暗花明又一村，恰似本地廣彩的發展史。

粵東磁廠是一門家族生意，由在廣州經營廣彩生意的曹侶松所創，其後由四子曹榮樞接手，至今交予第三代的曹志雄，這個溫文儒雅的磁廠傳人，為我們追憶一段似水流年。

隨時代變通　有危就有機

上世紀二十年代，香港逐漸發展為轉口港，加上內地政局動盪，祖父曹侶松看準商機，認為手繪瓷器有利可圖，帶同一批廣州彩瓷技藝的熟手師傅來到香港，並與譚錦方、譚錦屏兄弟合作，於九龍城隔坑村道開設錦華隆廣彩磁廠，是本地首間手繪瓷廠，被視為本港廣彩行業發展的開端。抗日戰爭爆發，近三百名廣州彩瓷師傅和工人逃難到港投靠瓷廠，曹侶松一併廣納，包吃包住。師傅以筆為針，以顏料為線，創作了一個又一個「金銀彩絲」織就的廣彩瓷器。

色彩斑爛的瓷碟，貨不低就，價不高開。

畫瓷講究氣韻，工作時匠人默默耕耘，默不作聲。

隨着香港淪陷，瓷廠生產全部停頓，直至重光才恢復經營。百廢待舉，搬到長沙灣重新開始，改名為粵東廣彩磁廠。父親曹榮樞在新中國成立後，一度返回廣州經營米行，後於一九五六年移居香港重操故業，在深水埗大窩坪山坡搭建磚屋瓷廠，一家三代在此工作。

六十至七十年代，內地局勢動盪，香港逐漸取代廣州成為廣彩生產地，進入彩瓷業最輝煌的年代，瓷廠遍地開花。外地對本港瓷器需求大增，當時粵東的訂單很多，粵東磁廠擁有多間工廠，全盛時期共有三百多位員工，日夜趕貨。一班能工巧匠各司其職，畫花、畫鳥、畫鬥雞，各有專長。

瓷器生產量大，以全人手畫，製作過程包括起稿、描線、上色、封邊、鬥彩，最後低溫窯燒鎖色，耗時且成本高，老師傅一個個退下來，又沒有新人上陣。粵東不得不變通，曹榮樞遂以「半繪半印」方式起貨，將部分手繪描線工序改為蓋印，刻劃圖案輪廓製成印章，蓋印至白瓷器上，繼而填色燒製，效率更高，產

紅玫瑰花頭是廣彩最具代表性的圖案，濃淡有致的花瓣顏色，維肖維妙，以毛筆填花色的工序名為「撻花頭」。

品遠銷歐美日本。

然而，廣彩業發展也曾有跌宕起伏，非一帆風順。七十年代時，美國對入口廣彩餐具實施鉛管制，本地食用彩瓷出口運貨需備有合格檢驗證書，而對裝飾陶瓷並無鉛管制，不少廠商在器皿底部印上只作裝飾用途的字眼。

中西交融港彩風

曹志雄自小在粵東長大，小學時已在廠房遊樂，就讀中學之際不時幫忙搬運和包裝，及至入讀大學後中途輟學，全身投入粵東。作為家裏的大學生，一介儒生談吐文雅，彬彬有禮，懂得外語，負責接待外國客人，如艦隊士兵、領事館職員等，成了粵東的中英橋樑，幫助銷售至歐美。手繪瓷器於清朝時期已被列為外銷瓷，至現今世代，仍讓不少外國人趨之若鶩，前港督麥理浩的夫人和彭定康也曾專誠前來粵東訂購，禮賓府也一度陳設粵東彩瓷。

雖是肉貴身嬌的太子爺，但當年工廠裏訂單不絕，師傅忙過不停，難以抽空指導。他從

曹志雄的辦公桌，數十年來在此接洽不少外國生意。

半繪半印的瓷器製作，在白胎上印出圖案的膠印。

一名小打雜開始做起，哪裏需要他，他就去哪裏幫忙，邊學邊做。求知心切的他，發現西方人對中國的瓷畫十分講究，於是年少時已在辰衝書店找瓷器相關的英文書籍來查閱，以外國人的角度理解中國廣彩，博遊展覽，讓他感知外面世界如何理解廣彩文化。日久生瓷情，為日後接管粵東磁廠，開創新的畫風埋下伏線。

昔日粵東磁廠主要生產仿清朝風格的瓷器，專畫壽字花心、織金人物、厚彩堆金，加上翎毛花邊等的經典圖案，仿古造舊。後來廠房由曹志雄接手，傳統廣彩破舊立新，從中國傳統紋飾到外國花樣圖案，以中式花邊，襯香港景致、家族徽章、英文字體、卡通人物等。這些顛覆傳統想像的新意念，脫離原來廣東彩瓷的格局，漸漸發展出別樹一格、中西交融的港彩畫風。粵東也配合印刷技術的發展，將手繪圖案以絲網印刷在移印花紙上，貼在白瓷上燒，以省工序。昔日多是上釉的瓷器，今日以貼花為主，廣彩瓷器從華而不實的藝術觀賞品，成為步入尋常百姓家的日常用品。

層層堆疊的瓷器，讓人步步為營。

燒瓷窯爐由炭爐轉電爐，燒製約八小時。不可一味高溫，太高溫會表面冰裂，太低溫則會呈粉狀，顏料一碰就散脫。

繼往開來的廣彩

在九十年代末期，隨着內地改革開放，瓷廠北移，如同很多香港手工業的故事一樣，香港彩瓷業日漸式微，只剩獨守一地的粵東，如今只有三位駐廠師傅。

粵東與香港的彩瓷業，經歷過輝煌也曾熬過低谷。瓷器歷千百年也不會腐化，而廣彩有三百多年歷史，能夠跨越古今中外，卻幾乎止步於發展洪流。

古老變時興，絢麗的彩瓷，快要成為歷史遺物之際，讓外國人趨之若鶩的這抹港式艷彩，始被本地人珍而重之，成為鎂光燈下的焦點。粵東磁廠一直在香港堅守廣彩產業，一代一代承傳世襲的工藝，年邁的曹氏夫婦至今仍開班授徒，尚不言休。除了粵東磁廠，尚有深居離島的超記瓷器以家庭式工作坊的方式轉型，在行業式微時繼續迎難而上，這一群謙卑的花甲匠人，默默延續彩瓷工藝。

廣彩師傅全神貫注地為瓷碟上色，眼明手定。

中學為體，西學為用，中式廣彩與西式奶壺的結合。

旗袍貼花貝殼碟，滿足外國人的東方想像。

走進粵東的瓷巷，如同步入時光隧道。

◇歷史查考——

廣彩製作技藝

廣彩是「廣州織金彩瓷」的簡稱，屬釉上彩的一種，在白胎上加上彩繪花紋而燒成瓷器，圖案取材自花卉彩蝶、山水雀鳥、宮廷仕女、庭園光景等，圖案精細，色彩斑斕。時至今日，工匠以彩筆為針，丹青作線，融合東西方藝術，獨樹一幟的廣彩製作技藝已位列中國國家級非物質文化遺產名錄。

廣彩早在清康熙年間已出現，乾隆時廣州實施一口通商的政策，粵海關成為中西方世界唯一的商貿交往通道，海舶雲集，造就廣州十三行的商務聚盛。景德瓷經廣州轉運各地，但途中多有耗損，遂將瓷坯送至粵垣，依照西洋畫法，加以彩繪，開爐燒製。手繪彩瓷風行一時，外商於此訂製彩瓷器形狀、款式和花紋，出口外銷，商品迎合西方審美觀。廣彩從五彩的基礎上演變而來，又融入西洋繪畫技法，東西美學共冶一爐，遠銷海外，曾是中國主要外銷瓷之一。

香港早在明代已開始燒瓷，新界大埔的碗窯以燒青花瓷為主。香港開埠後，廣彩工藝輾轉流落香江。戰亂期間不少師傅南來香港，作為對外開放的商埠，彩瓷出品廣受中外人士歡迎，廣彩一度大放異彩；五十年代韓戰期間，由於美國對中國實施禁運，更是香港瓷業發展的高峰，當時一個月可以出口千箱彩瓷至歐美，堪稱是廣彩的流金歲月；直至七十年代，生意跌盪，由於美國限制餐具含鉛量，廣彩瓷器餐具被禁運，不少瓷廠改為生產仿古瓷器擺設；八十年代以後，隨着內地改革開放，本地瓷廠北移，導致行業式微。

到了現在，仍能繪出傳統技法的師傅已步入古稀之年，瓷廠轉以蓋印代替手繪，亦採用貼花技術，設計圖片印製於畫紙，貼在瓷面燒製，以節省製作時間及成本，除了售賣成品，亦有客製訂單，由於師傅短缺，部分工序會交給內地廠家完成。

輯四——

出行娛樂

人海裏找惜字緣

陳文彫刻

📍 | 長沙灣元州街 482 至 492 號

在柯式印刷及電腦排版尚未出現的年代，報紙、書刊、海報、請帖、卡片、賬簿等各式各樣的紙本印刷品，都以活字印刷製作而成。位於長沙灣的陳文彫刻，至今仍然保留這傳統又古雅的技藝，是香港少數僅存仍保留鉛字粒的印刷店。

彫，《說文解字》裏形容為「琢文也」，「彡」是花紋，就是雕刻的意思。陳文彫刻的綠底白字招牌上，「承印單紙，膠印咭片」的字塊已剝落模糊。鋪內燈光黯淡，卻內有乾坤。映入眼簾的一個倚牆字粒櫃，數千顆方正的中英文字粒整齊有序地排列，放置各式鉛片、線片、瓜打、字粒，集成一幅文字牆，歷經逾一甲子的歲月洗禮。

陳文彫刻屬傳統式家庭作業，陳師傅最初

陳秋鳳是印刷店的第二代掌舵人，店內的貓主子，是街坊鄰里的寵兒。

在青山道單幢樓梯舖擺檔，雕刻圖章和承造膠印，在同行介紹下邁入卡片印刷行業，當時市道興旺，數以百計的活字印刷公司聚集於港九地區。於是陳師傅白天在樓梯口刻圖章，夜晚回家執字粒、排版、印刷卡片。正職是圖章雕刻，同時身兼活字印刷的副業。陳文彫刻生意漸上軌道，一九八六年在元州街自置舖位，替附近的糧油食店、五金裝修舖、時裝店等印刷卡片和紙本廣告。

一生人只做一件事

第二代掌舵人陳秋鳳，自七歲開始墜入字海，一生只做一件事，時間一晃就是半世紀，她的故事是香港印刷業從興盛到衰微的縮影。那年，父親在家裏放置數以千計的活字粒，床頭的一部手搖活版印刷機，日夜開動，陪伴她度過童年。每個下課回家的晚上，父親撿字粒排版，交給她把卡片放在印刷機上，逐張逐張油墨印，周而復始，自幼就是家裏一個不可多得的小幫工。

一部手搖活版印刷機，陪伴陳師傅小時候度過多少工作的晚上。

活版印刷除了帶動文化發展，也養活了陳師傅一家。

當年置於床頭的一部手搖活版印刷機，現已塵封多年。上方是墨盤，其下是印床，置印版於其中，重複拉動把手，讓油墨分佈均勻，再上下移動墨轆，將油墨帶到印版上，按下把手施壓，便可於紙張上印刷。

身為長女的她，順理成章在父親的工場中幫忙。中一輟學起，就全職替父親打理店舖生意，負責排版、印刷，買字粒、買紙、送貨，事事一腳踢。縱使家裏有六個弟妹輪流幫忙，但留下來幫忙家業的只有她。廿多年前繼承了父親的印刷舖，父親則繼續做回刻圖章的老本行，以自己的志趣成全父親的志趣，這份承擔，全來自一份孝心。

文從字粒順

這些年間，數以萬計的字粒在她的指縫間穿梭來回，沾滿油墨。密密麻麻的字粒，有漢字、英文字、數字、標點符號、花樣及拼合字，共有七個尺寸，字體包括楷書、黑體、宋體、仿宋體等，櫃上字粒的排列按照部首、字

排好字粒，準備印刷。

執字排版時暫時存放鉛字的工具。

店內除了活字粒，四處也散落不少商標電版。

稿件排版後，隨即鎖版印刷。

體、大小進行組合，也依使用的習慣排列。對於外行人而言，字粒讓人眼花繚亂，卻全部有規律可循。

擺放字粒的地方叫「字盤」，而中文字盤分「出俗」和「入俗」兩類，每個師傅的編排習慣都不同。「出俗」字盤擺放常用字，不依部首，置放於師傅的身邊，以便使用，如香港、九龍等熱門字詞，以及陳、李、張、黃、何等大姓；其他字粒則放在「入俗」字盤，依部首擺放。若有生僻冷門或部首不清晰的漢字，會專門放在一個「雜字區」；若是連鑄字公司也沒有的字模，印刷店會將幾個字剖開，移花接木，拆件合成另一字，重新造字。字粒的排列，人性化之餘，也反映了當時的文字運用習慣和社會面貌。

印刷應用正負空間概念，除了字粒，還有各式配件。凸出的正空間是印出的圖像，凹陷的負空間是留白的位置。短身的「瓜打」，原是英語「quad」的音譯，如同鍵盤上的空白鍵，用作調整字距；鉛片用作調整行距，有不

字櫃的上方層架（左圖），放置鉛片及線片；中間是微斜的排版桌，放置已排好的鉛字版；至於下方，是平放的英文字盤（右圖）。

同的厚度和長度；線片又稱為花針，用於表格排版，是分隔或裝飾性的邊框。三者也可用於固定字版，以填充版面上的空間。完成的方形版印以橡筋綑起，以防版面移位散亂。

粒粒皆辛苦

慢工出細貨，字體優雅均勻的活字印刷，工序繁複，粒粒皆辛苦。執好所需的鉛字粒，人手將內容排版，置於不同尺寸的方形木托上或製卡片的模版，放入機器上以墨試印，印刷品均衡受力後顯現文字，再三校對無誤後，方可付印。若是排版有亂，內容印錯，客人要求重印時已「散版」，即字粒已歸回字架原位，就要重新尋覓字粒再排一次，有別於今日鍵盤上的一個後退鍵，費時失事，故此每個工序都嚴謹非常。日子久了，工多藝熟。

凹凹凸凸的字粒是消耗品，由鑄字公司鑄模生產，一般由金屬鉛製成，屬於軟金屬，經常印製會磨損，要時時替換更新。有時候字粒耗盡，她就要過海到港島購買，填補缺字。

活字架的排列方法起源自西方教會，故又稱耶穌架，也可細分為廣東架和上海架。

中文鉛活字是書法和字模雕刻的藝術，字大小以「號」來標示，取其諧音「好」，號與號之間是倍數關係，特號為最大，六號為最小。可惜鉛字粒已停產，壞一粒少一粒。

消失於指尖間

九十年代開始，柯式印刷及電腦排版漸漸普及，速度遠遠拋離傳統的活版印刷，活字印刷日益沒落。隨着香港的四大鑄字廠——博文、達興、建國和永成相繼於九十年代結業，連帶供應鉛版、磨刀機、字粒印刷廠的製造商都無法支撐而關門，香港最後一間友聯鑄字廠在二〇〇二年結業，宣告活字印版年代的終結。此後鉛模散失，現存的鉛字粒已成孤本，活字印刷技藝慢慢地在指尖間消失。

同處時代洪流，陳文彫刻與其他印刷公司一樣，紛紛轉用柯式印刷，以電腦將數碼檔案製成菲林膠片，放進機器完成印刷，速度更勝一籌。即使與時並進，香港經濟模式轉變，印刷公司仍面對印刷廠北移的挑戰。不少傳統家族式經營的印刷公司，無法適應市場的激烈競爭，印刷業積極求變，轉向企業的經營方式發展。世情縱常變，陳秋鳳至今仍堅守老店，保存着這批已經停產的鉛字粒，不捨放棄。

由法國印刷行業發明的紙型，稿件完成排版後，把棉紙覆蓋在活字版上，印壓成紙型，再澆鑄成鉛版，以備施印。完成印刷後紙型會送還作者，留待他日再版之用。

轉型文創產業

時至今日，香港印刷業走過一段現代化的歷程，為免活字印刷的技術日漸失傳，活字印刷技藝已從實用工業轉型為印藝文創產業。傳統印刷素材的外在本質多變，輕微的瑕疵，這些不完美的完美，吸引不少文藝知音。專注文創保育的組織推廣及承傳活版印刷工藝及文化。例如字活及香港版畫工作室，除了保存活字粒、印刷機和活字架，亦設立工作室以推動創意印藝，舉辦以活版結合本地文學、設計和視覺藝術的文化活動，並推出不少活版印刷紙品，以活字作為創作媒介，作品的設計感重，展現不同效果。

活字再興，透過口耳相傳，傳統印藝以另一種形式傳承。昔日的大眾流行化為小眾興趣，改頭換面，以新的面貌重新投入文藝創作之中。

活字印刷技藝

萬般皆下品，唯有讀書高，活字印刷技術是中國的四大發明之一，已有近千年歷史。早在唐代，中國人已運用雕版木刻印刷技術複製經史書籍；四百多年後，德國人發明金屬鉛版活字印刷術。文字複製的媒介從手抄本轉變為印本，是文化傳承和記錄不可或缺的一環。

教會在香港印刷業發展的角色重要，着力推廣印藝教育。在十九世紀初，西方傳教士馬禮遜來華傳教，將金屬活字印刷引入中國。歷經半世紀，在一八五一年於香港英華書院完成鑄字工程。以人手檢字，由執字師傅將鉛粒字體排版，固定於印刷機內進行印製。從此，抄錄文字變得更快捷，書籍、報紙紛紛刊行，知識的傳播無遠弗屆，引發近代社會文化的變革。

香港政府曾於上世紀五十年代立法宣佈印刷為特種行業，實行印刷機登記牌照管理，印刷公司須申報印刷機的存放地和業務經營記錄，行業發展受礙，相關法例於七十年代撤銷，促使香港印刷業迅速發展。印刷廠從六十年代約六百多間，到七十年代增至一千五百多間。香港的印刷業蓬勃興旺，約有幾百間印刷廠，單是中上環已有逾百間大大小小的活字印刷及鑄造字粒的公司，連同紙行、油墨行等印務相關行業集聚，自成一個印刷生態圈。

隨着日資公司來港設廠，引進先進器材和技術，柯式印刷於七十年代末於香港盛行，從單色鉛印步向四色平印；至九十年代，數碼印刷大行其道，電腦文件直接印刷在紙上，毋需製版，修改方便。勞力密集的活字印刷慢慢被淘汰，鑄字廠亦紛告結業，傳統工藝不敵時代巨輪。

活字印刷技藝已列入香港的非物質文化遺產清單，非但可展現傳統文字雕刻與書法的剛勁，也反映了華人敬惜字紙的觀念。

新藝城
清道光二十二年創
藝城
自動收 150

鐵骨崢崢修傘人

新藝城傘皇

深水埗荔枝角道 314 號

留有一把花白鬍子的「傘王」邱耀威，
子承父業，
是新藝城傘皇祖傳第五代的
雨傘製作和維修師傅，
恍如世外高人，
多年來為雨傘接骨療傷，
也修補人間世情。

熙來攘往的深水埗街市內，夾雜在豬肉檔和菜檔之間的一間小舖，懸着一面紅布纏繞的牌匾，白底黑字寫着店名「新藝城」，小字「清道光二十二年創」，這是一八四二年《南京條約》正式簽訂，香港命運改變的一年。富有歷史感的市井小舖，為喧鬧的北河街添上古意。

在清朝年間創立的新藝城，祖業世代相傳，六十多年前為避戰亂，自廣州一德路遷至香港深水埗，在此安定下來。早年主要生產雨傘，客人親自挑選傘布，等待數日，一把稱心

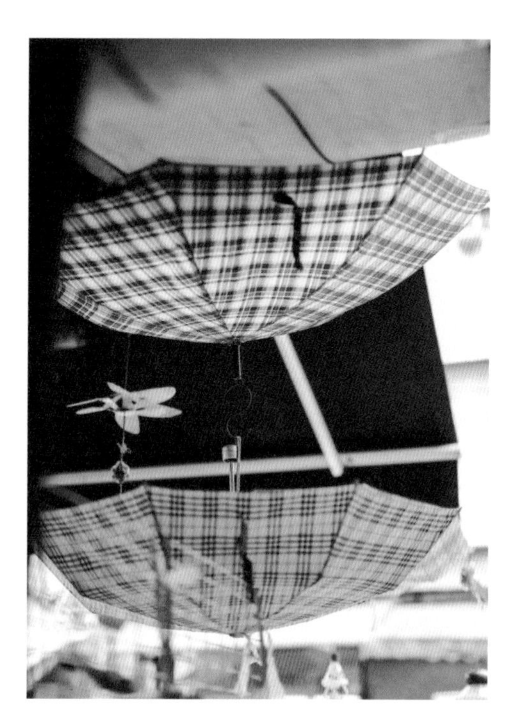

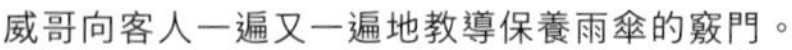

威哥向客人一遍又一遍地教導保養雨傘的竅門。

合意的傘就可到手，全人手製作。

望天打卦賣傘人

賣傘的行業，下雨天才有生意，邱耀威的童年都在檔口望天打卦。一九六三年香港大旱，新藝城的生意一落千丈，於是轉賣雜貨維生。百多年的造傘家業，時移世易，現時主要售賣雨具及維修雨傘，店內形形色色的縮骨傘、長傘，鋼骨防風的、全自動的、鈦合金的、陰晴兩用的，各式質料和價格的雨傘一應俱全。遮風擋雨的祖業，如今只有年過六旬的威哥在狹窄小店忙碌進出，白髮蒼蒼但仍腰板挺直，如一柄錚錚傘骨。

嶺南多雨，颱風過後，傘骨紛飛，雨傘難抵無情冷風而破損。在物質豐裕的香港，大多數的人都會棄舊置新，甚少修補。但新藝城賣傘以外，也偶有惜物重情的客人到店修補具紀念價值的雨傘，盼可重修舊好。

每一位到店買傘的客人，威哥都會一遍又一遍地教導保養雨傘的竅門，聲如洪鐘地

要是情人之間贈傘，「傘」與「散」同音，似乎不太吉利。威哥卻說，開枝散葉，好意頭呢。

說「震、震、上」。開傘時，慢條斯理地抖擻傘布幾下，理順傘骨，然後朝天推動傘柄；閉傘時，也要不慌不忙，收起傘骨，傘柄底部留一截餘地，撫平傘布，才盡收到底；傘子用久後，還可在傘布噴上碧麗珠，維持防水功能。

共撐的浪漫

維修傘子，還原舊物，也修補了顧客的回憶。不少客人到店修補父母過身後留下的雨傘，也有雙雙對對的夫婦前來修補定情信物，或是形單影隻來修傘的，即使舊情已逝，但仍然不捨得輕易拋棄回憶。

威哥觀人於微，若是容易失傘的大頭蝦，就推薦幾十元的；若是念舊惜物的人，就推薦能用一輩子的；若是女孩買傘，可以選花朵圖案的，古語稱傘為「撐花」；若是男孩買傘，可以選一把騎士劍一樣的大黑傘，就像寧采臣的傘下藏着聶小倩，二人共撐，恰到好處的浪漫。

一扭，一扣，不消數分鐘，傘子就修復完成，回復舊貌重新上路。

夏至過後雨水頻繁，是新藝城賣傘修傘的旺季。威哥伸手一取窩釘鉗、獨牙鉗等工具，十指靈動地埋頭修傘。斷骨的零件就在另一把破損雨傘上拆下來，物盡其用，貫徹惜物的概念。

威哥惜物，也是一個街頭藝術家，在新藝城門前隨處可見他的環保藝術品。一條用舊包裝紙製成的金魚，在傘海暢遊，饒有趣味。

雨傘製作技藝

中國製傘歷史悠久，而雨傘起源也眾說紛紜，相傳春秋時期的魯班之妻云氏，有見匠人經常在戶外活動，下雨時衣身盡濕，心靈手巧的她參考亭子的構造發明雨傘，蒙上獸皮或布製作傘面，以手工削成的竹條做傘骨，鑽孔、拼架、穿線、組裝傘柄傘頭製成骨架，形成雨傘的雛形。後來蔡倫發明紙張後，廉價棉紙代替了昂貴絲綢，紙上抹上一層防水桐油做傘面，修邊、定型、晾曬、繪花，七十多道繁瑣工序成就流傳千年的油紙傘。

與時並進的雨傘，傳統手工製作的竹骨、木骨油紙傘，受到現代材料及西方工藝的衝擊，逐漸被機械化生產的鐵骨、鋼骨、碳纖傘骨以及尼龍、納米傘布的材質取代。但晴雨相宜的雨傘，除了是經久耐用的生活用品，也是具欣賞價值的工藝品，與不少民間習俗環環相扣，做壽、結婚、生子、喬遷、高升等有撐紅傘的習俗，喪禮依然保持撐黑傘的慣例。不論日常應用，抑或紅白二事，都可見傘的蹤影。

在香港，梁新記、時來、梁蘇記等商號的雨傘，都曾是本地著名雨傘品牌。如今，仍有百年老字號梁蘇記堅持不懈，人手製作雨傘，以「純正鋼骨、永久包修」作宗旨，既造傘，亦修傘。傳統的手製雨傘，在遮布與遮骨之間人手縫線打結，不易被風吹至破爛；而機械化製作的雨傘縫線只靠機器重力壓緊，在遮骨末端以遮珠固定遮布，相對較不襟用。而長傘短傘各有捧場客，長傘可讓老人家兼用作拐杖，三折至六折的縮骨短遮則是日常便攜用品，迎合都市人需要。

二〇一三年，雨傘製作技藝列入香港非物質文化遺產清單。雨傘一行豈是夕陽行業，一年四季總有下雨天。

輕煙裊裊 化作思念

寶華扎作

📍 | 深水埗福榮街 2D 號

寶華扎作的店主歐陽秉志，於古老的紮作行業之中，是難得一見的年輕師傅。在大一藝術設計學院讀美術，八十後的他從沒想過入行，卻已從事紙紮行業廿多年了。

歐陽秉志的父親歐陽偉乾從廣東中山來港，離鄉別井，經朋友介紹以為是酒樓工作，卻來到中環閣麟街的金玉樓學師做獅頭金龍紙紮。從掃地倒痰盂開始，執頭執尾，六年後自立門戶，一九六三年在紅磡開設樓梯小舖，取名「寶華」，每逢紅白二事做紙紮生意，養家餬口。

萬變不離其宗

寶華扎作的直書招牌，曾是行內響噹噹的名字。六十年代開業的寶華扎作，從紅磡寶其利街轉輾搬到深水埗福榮街，本來只做扎扎實實的紮作品，中秋燈籠、獅頭龍鳳、紙人偶、大花炮。萬變不離其宗，材料不過是紙和竹，工具有用來削竹刺的柴刀、剪多餘竹枝的笏剪，還有混合麵粉、糯米粉和白礬，用以黏合固定的漿糊。日子有功，寶華漸漸成為街知巷聞的紙紮名舖，當年風光時，曾聘請一眾師傅，密密做不停手，紮作品遠銷外地。

父親的一雙巧手造出無數作品，卻從未為阿志做過一個燈籠，只因生意艱難，不可浪費。然而，父親的關顧卻不時隱隱流露。當年阿志在設計學校畢業後，本想應徵廣告或漫畫設計等工作，每次面試後都苦無回音，閑來無事，終日在寶華打躉。父親遂教他一技傍身，從此父子檔拍住上陣，與店內花貓作伴，埋首在摺桌上密密做。直至多年前，年紀老邁的父親因病入院，阿志不忍其辛苦，願在生前好好侍俸，莫在逝後追悔。於是開始獨挑大旗，子承父業，順理成章地接手寶華扎作。

客人特別訂製的紙紮品，阿志會先起草

手作需時，設計、選料、紮骨、貼紗紙和施彩等功夫繁複。

圖，以竹篾為骨，紙根縛之，然後用花紙糊成。剪剪貼貼，屈曲成形，每件最少要三四天的功夫，盡量擬真，力求作品栩栩如生。過程中最困難的是紮骨架，岩岩巉巉的竹篾，每條粗幼度不一，需小心翼翼，靠的是三分耐性，七分堅持。

紮作二字，既要具備一雙勤快巧手，亦要靈活創新。讀設計出身的阿志，諗頭多多，屢屢發奇想，擺脫一成不變的紮作品，兼做新潮紙紮，與時並進。從一式一樣的紙紮楊桃作起點，到一架獲客人垂青的紙紮滑板車，跳出傳統框框，推陳出新，滿足客人天馬行空的要求。此後不論雲南米線、數碼相機、伸縮魚竿、名牌高跟鞋、天文望遠鏡、新款遊戲機等，統統都難不到他。作品似實物原大，幾可亂真。傳統紙紮增添一份現代氣息，堪比藝術品，讓寶華在行內外都享負盛名。

紮作化成無量功德

紙紮最初只局限於祭祀之用，後來發展成

生者與死者，陽間與陰間，紙紮舖是中間的媒介橋樑。

喪葬紮作、節慶紮作、龍獅紮作和裝飾紮作等。每年正月十五元宵、清明節、天后誕、佛誕、盂蘭節、中秋、重陽節，街頭巷里都可見到大大小小的紮作品。尤其七月盂蘭勝會，人間蕭條，卻是紙紮業的旺季，生意應接不暇，阿志日以繼夜地趕工製作，備亡者冥間之用。所有的紙紮品，最後都會付之一炬，統統銷毀。雖說往者已矣，食衣住行仍需靠陽世生者供應。苦心做好的紮作，在熊熊烈火下盡化灰燼，也化成無量功德，撫慰人心。

紙紮百用 紅白兼顧

喪葬紮作是紮作工藝的原型，相傳古代以紙紮代替活人祭祀，故此紮妹娣以服待先人，同時亦照顧先人衣食住行的日用品，紮作傳統的衣物到新式的電子產品，火化物品讓先人在冥國生活舒適，也有金銀橋、佛船等讓先人登西方極樂世界。

節慶紮作見於盂蘭勝會、天后誕、太平清醮等傳統節慶，除了小型的天后誕神壇花炮、盂蘭節的神馬、士大王外，亦有模仿中國建築牌樓的大型花牌，以牌坊作為場地的出入口，三角尖頂寓意步步高陞，延展的紅布象徵蝠鼠，以吉祥裝飾寓意節慶活動順利舉辦。

龍獅紮作是舞龍舞獅及客家麒麟等靈獸的紮作，常見於農曆新年及店鋪開張。先紮好頭部框架，再鋪紗紙於上，然後畫上花紋，裝上絨球、羽毛、亮片等，工序稱為紮、撲、寫、裝。

裝飾紮作以燈籠為主，昔日用作照明，配以蠟燭，如今用作裝飾，輔以燈泡。觀賞之用有宮燈、走馬燈，祈福之用有孔明燈、放河燈、紗燈；喜事之用有添丁燈、字姓燈；白事之用有白燈籠、幡杆燈籠；中秋元宵之用的有無骨燈、擬形燈等。

紙紮是一門易學難精的手藝，儘管教識徒弟無師傳，阿志仍然無私教授，在坊間開辦不少工作坊，傳承紮作手藝，推廣傳統習俗和宗教文化。紮作技藝是香港非物質文化遺產代表作名錄的項目，不少相關的節慶也列入非物質文化遺產清單內。傳統手藝與時並進，包羅潮流紮作玩意。

店內花貓，多年來陪伴紮作父子兵。

TAO
TAO
GIRL

紥作技藝

紥作技藝是一門歷史悠久的民間手藝，舊時人們迷信，相信先人死後進入冥國，遂預備不少隨葬器物供死者在陰間使用，遂有各式生活日用品的冥器。自宋代起，逐漸流行紙冥器，古人用竹篾紥成各類器皿人物，飾以剪紙，糊以色紙，為逝者焚燒火化，以表慎終追遠。

紥作工藝在香港傳承多年，從未間斷。匠人以簡單的材料，如竹篾、鐵線、紗紙、色紙、絹布等，把平面設計紥成立體形狀，再以彩繪細描。一重又一重的上色和組裝工序，製成各式各樣的紥作品。

早於十九世紀，本地的宗教儀式中已可見大量紙紥祭品，使用糊、繪、剪、摺、雕、塑等技巧製成；至二十世紀初，本地紥作業興旺，曾有不少大型紙紥鋪，油燭紙業紥作等行業成立工會組織；四十年代，不少內地紥作師傅南下來港定居，促進行業發展；五六十年代的紥作行業成行成市，師傅以紥作手藝謀生，餬口養家，手工紥作花燈深受外國歡迎，遠銷歐美；八十年代起，廉價量產的內地製品供應市場，本地紙紥師傅陸續告老還鄉，行內師傅由二三十年前過百人，減至目前的十多人，若非承傳家業，年輕人也不願入行。隨着時代變遷，紥作品的需求隨着節日慶典及宗教儀式規模縮小，紥作行業萎縮，紙紥鋪需兼賣元寶蠟燭才得以生存，這門傳統民間手藝日漸式微。

紥作技藝於二〇一七年被列入香港非物質文化遺產代表作名錄，時至今日，紥作品在傳統節日慶典和民間宗教儀式中仍擔任要角，承載悠悠的中華民俗及道教文化。

相片攝自大昌隆紙號。

匠心獨運 籠內乾坤

財記漆籠修理

太子園圃街 59 號舖

鬧市中鳥語啁啾，置身百鳥爭鳴的園圃街一隅，財記的舖面不過百呎，卻是香港碩果僅存的雀籠製作師傅陳樂財的安身之所。

鳥圈是一個江湖，在人浮於事的五十年代，十三歲的財叔跟隨舅父入行，師承製鳥籠行內首屈一指的大師卓康，成為入門弟子。一做六十多年，一生只做一件事。學師不苦，惟工序繁矣。亦師亦友的卓康傾囊相授手藝，財叔在七十年代已可獨當一面，自立門戶。其時向政府申請靠牆牌，租來一個茶莊店外的牆邊擺檔，再從旺角康樂街搬到園圃街雀鳥花園。

室雅何須大，選擇鳥籠也以合身為要，太大太小皆不相宜。上好的鳥籠，手工精巧的可售數十萬，寵鳥的人愛屋及烏，也是身價和品味的象徵，自然捨得。也有人不養鳥，卻會在

鳥語花香的園圃街，又稱為雀仔街，鳥舖林立，以行業集聚的模式互相依存。

家掛雀籠點綴，精細手工藝可堪比一件藝術品。西關多闊少，養雀文化在香港也曾盛極一時，公子哥兒痴迷養雀，一手托鳥籠一手搖摺扇，以雀會友，風度翩翩。雀友間偶有爭執，也無隔夜仇，時常互相託管籠中鳥。

手中有竹　心中成竹

雀籠製作是一門綜合手工藝，工匠們分科合作，各司其職。竹匠編出雀籠，鑄匠鑄出掛鈎，瓷匠細畫雀杯。選料、配件製作、雕刻及上漆等製作工序，步步講究，處處考工夫。

製作雀籠時不僅要手中有竹，更要心有成竹，對籠子的尺寸樣式要心中拿揑有數。造一個尋常雀籠約十天起貨，財叔曾經花兩年精心製作一個雀籠，只作自娛，不作外售。製作雀籠可匠心獨運，修補雀籠卻是百家姓的手藝，學無常師，須放下自身的工夫，一扭一捻模仿造籠師傅的工藝，依樣配合製作，精湛技藝躍於指間。

一條條竹枝，經財叔巧手後，造成精巧的鳥籠。

雀籠切忌日曬雨淋，以免冷縮熱脹令木料有損。倘若破損失色，也可找財記翻新維修，以保歷久常新。

鳥籠工匠削幼、裁剪竹枝、再嵌成籠圈。籠圈分為頂圈、身圈、腳圈、大圈等部分。

生漆來自天然植物，卻也是致敏物料，對漆敏感的人與此行業無緣。

雀籠的部件繁多，包括企頂、雀企、籠鈎、雀杯，並有各式的雀籠配件。

雀籠選料是一學問，最上乘的是桃木底板，尤以山形紋為佳；稍次是黃楊木、杉木，最粗糙的是花旗松木。

維修雀籠要眼利心細，財叔戴上眼鏡仔細端詳成品。

學師造籠的人，除了要眼明手定，忌急躁輕浮，藝術天分也不可少。

製作雀籠的步驟繁瑣，舖內置滿一枱一櫃的篾刀、雕刀、刮刀、手鋸、手鑽、拉絲板、木鑿。財叔細說舊事，一雙手也沒閑着，一下復一下，俐落均勻地把生漆塗上雀籠，補上紅褐色。而陪伴財叔修籠的，除了雀友，還有一雙籠中鳥，分別是石燕和黑白，動作溫文，歌聲悅耳。財叔說籠中鳥養熟後，打開雀籠也會飛回來，但自身做慣做熟這一行，再也飛不走。

同林鳥各自飛

雀鳥行業向來集聚經營，中環閣麟街、西營盤皇后大道西雀仔橋和旺角康樂街，曾先後發展成雀仔街，目前俱遷往園圃街雀鳥公園集中經營。雀舖售賣不同種類的雀鳥，例如相思、畫眉、麻雀、朱啄等本地雀鳥，隨着運輸發達，亦售紅波、藍波、百靈鳥、黑白、石青、石燕、鸚鵡、海南鷯哥等異地品種；雀籠及配件店舖應運而生，售手工製雀籠、木雕配

雀鳥可達二三十年壽命，而保養得宜的雀籠，可以一個世紀過去，形狀不變，顏色依舊。

件、雀粟、雀杯等。不少講究的雀鳥玩家，會找師傅訂造專屬雀籠，普通雀籠幾百元即有交易，造工精細的竹籠動輒過萬。製籠師傅人才輩出，例如卓康、謝湘、楊善、陳帶、余富、黃坤、張北如等名家，鳥籠讓藏家趨之若鶩。

光景不復在，千禧年代起香港的養鳥氣候因禽流感大減，餐廳禁止攜籠進內，加上本地材料短缺，製作雀籠的師傅多轉為維修雀籠。行業後繼無人，日漸式微，目前只剩下財記雀籠尚在營業。雀籠製造的工藝後繼無人，邁入青黃不接的困局，一門手藝或會失傳沒落，籠的傳人何處可覓尋，盼可有後繼。

雀籠製作技藝

中國人自古喜好養鳥，在明清時期漸成氣候，養鳥風潮遍及大江南北。文人雅士、紈絝子弟把養鳥視作雅事，這份閒情逸致，除了是視覺的娛樂，也是聽覺的享受。能工巧匠製造各式各樣精巧奪目的雀籠，成了珍藏的賞器文玩，南北地域各有講究，玲瓏精美的更是價格不菲。

古色古香的雀籠多以竹和木板為材料，組成板頂、籠架、籠門、籠鈎、籠圈、底圈；加上素雅大方的不同配件，如鈎子、蓋板、棲槓、食罐、水缸、門花等，處處體現細節之美。鳥有脾性，人雀要情趣相投，雀籠也得與鳥性情相合。不同品種的雀鳥動靜迥異，企立跳動，都需合適的籠子來裝載，不少雀籠都是度身訂做，從繪圖設計，製作主圈和身圈，安裝托盤、穿竹絲、雕刻及上漆，以竹枝建構一個雅致空間，精細的雀籠是鳥主人的掌中寶。

香港的養雀文化於五十年代盛行，當時奇香、雲來、德雲等舊式茶樓窗戶長敞，公子哥兒三不五時提着雀籠上茶樓，或品茗或賞鳥打發時間，與知音相逢，聚首交流雀經。鳥在籠裏振羽、賽喉，引來同好的雀友駐足細賞。

九七後經歷多次禽流感，市民聞雀色變。雀籠被逐出交通工具和食肆，雀友難以招遙過市，養雀的人漸少，知音幾希。行業式微，也真的門可羅雀。雀籠製作技藝在二〇一三年列入香港非物質文化遺產清單，目前僅餘財記漆籠維修尚在營業，獨力支撐，默默造籠。

近岸作業 木匠世家

泗祥號

油麻地新填地街 196 號

每每途經油麻地果欄對面的泗祥號，一陣溫厚的木香撲鼻而來，古老木工行扎根區內已過百年，隨着戰爭、市區發展而多次搬遷，見證油麻地的變遷以及船運業的發展。

泗祥號的始創人把木工業務傳承給徒弟何氏，經歷三代，從爺爺何長，到父親何廣雄，現任東主何國標是木匠世家的第四代傳人。在耳濡目染的生活環境下，他從小就跟父親學習木工，自中學畢業後便在舖頭幫忙，七十年代至今逾半世紀，一直為百年老店獨挑大樑，如今孤身經營祖業，做得一時得一時。

造木也靠海維生

油麻地曾經臨海，名字的由來與船相關，「油」是指修補船身用的桐油，「麻」指蘇纜，而「地」即是一方土地，這裏一直是漁民的聚

木匠的手皮幾呎厚，何國標說這些叫「食刺」長大，早已習慣。

律囉是船隻起卸貨物的拉桿輪軸，見證油麻地的近岸航運。

一條條木方，畫上標記，整齊有序地排列。

腳地。在一九〇六年丙午風災後，政府通過《建築避風塘條例》，開始在油麻地海旁興建避風塘，把夷平官涌山所得的山泥填平淺灘，建築防波堤，油麻地避風塘於一九一六年竣工。由於鄰近旺角碼頭和佐敦碼頭，所以油麻地曾是九龍半島水陸運輸的樞紐。

昔日油麻地不少店鋪也與船相關，造船、蘇纜、漁網、槳櫓、桐油等，不僅養活漁民、船工，還有航運零件公司。如果沒有油麻地，就沒有泗祥號，如卡片所示：「專營木餅喉碼、鐵木律囉、錶板線夾、船舶木器、車木發客」。木工行早年製作傳統的拉繩工具，後來以製造船上的律囉起家。律囉即是船隻起卸貨物的拉桿輪軸，先打鐵餅，以軸穿過兩洞把木嵌在一起，重約十磅。木之就規矩，在梓匠輪輿，手製的過程講求精

店內的金漆招牌，製作於四十年代，由何國標的嫲嫲在砵蘭街托專人打造。

準計算，慢工出細貨，一天往往只能製作一個。

上世紀二十年代時，九龍只有兩間製作律囉的店舖，一間是九記，一間是泗祥號，戰後至七十年代，九龍的律囉店增至約十多間，生意旺盛；直至八十年代，木船被貨櫃船取代，律囉改以金屬製造，加上艇戶陸續上岸居住，漁船一艘接一艘地離開，昔日避風塘的熱鬧景況逐漸減退，泗祥號不再靠海謀生，生意大不如前；九十年代開始，油麻地填海造陸，隨着基建項目不斷在周邊進行，如西九龍填海計劃、加士居道天橋、中九龍幹線項目等，油麻地的市容不斷變改，面目已幾番新。

歲月如木屑紛飛，不少木匠已歇業或轉行，在香港做船舶木器的就只剩泗祥號這一家，仍默默留守油麻地。為應付行業的轉變，泗祥號也

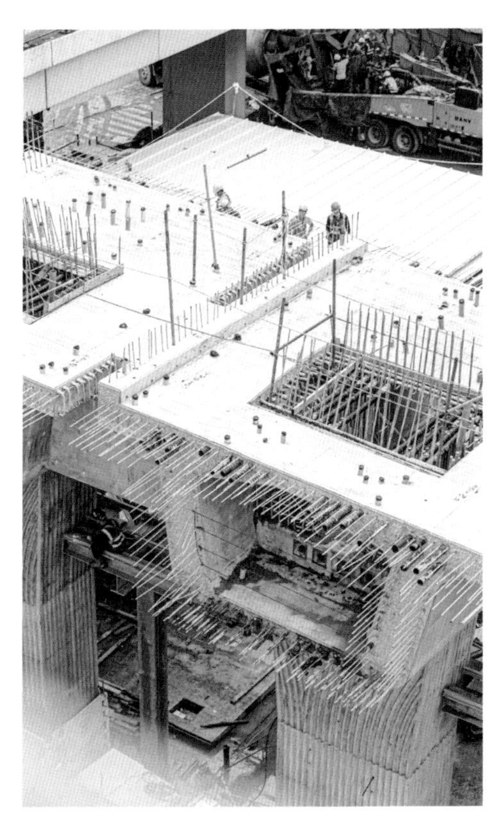

填海造陸的油麻地，基建項目源源不絕，離岸越來越遠。

鑽床製作了大大小小的木工藝品，至今仍運作如常。

沒有故步自封，把原有的木工技術應用到其他加工產品上，離岸漸遠，就從海上用具轉為陸上木製品，如電錶板、拍賣槌、纜尖等，訂單最多是木餅喉碼，即是用作固定冷氣喉的木圈。木材厚實溫潤，只要保養得宜可經久耐用，生意尚可維持。

油麻地不斷被時代的輪軸牽扯，今非昔比，但只要與時並進，傳統的技術在今日的社會仍有發揮的空間。儘管離海越來越遠，泗祥號仍然會在這裏一段時日。

◇歷史查考——

木工技藝

木承載生命，由鑽木取火得到溫暖和熟食，人的壽命延長，成為萬物之靈；到離開世界，行將就木，長睡棺材，人的一生都與木頭息息相關。

木藝是最古老的傳統行業之一，在香港不少與木工相關的手工藝，都已列入香港的非物質文化遺產清單內。例如「木家具製作技藝」，從選擇木材、板材加工、切割樣板、繪畫圖樣、製作組件及打磨等等，把簡單的木材變成一件件實用傢俱；又例如更大型的「木船製作技藝」，以木材製成傳統船隻，以漁船為主，本地及鶴佬漁船形態各異，亦包括參加端午節龍舟競渡的龍舟。

除了木工藝，香港還有與木匠相關的傳統節慶——魯班誕，又稱師傅誕，已列入非物質文化遺產清單內。魯班是春秋魯國的著名工匠，被尊奉為工匠的祖師。在每年農曆六月十三日，木匠、泥水匠、石匠等三行都會供奉魯班先師，進行開光、開位、禮懺、祭幽、典禮和賀誕等儀式，也會派師傅飯予小孩。後來連搭棚業、油漆業、磚瓦業和紮鐵業等各行各業都會拜魯班先師，祈求工作平安順利。香港堅尼地城有一所水磨青磚的魯班廟，門外有手持墨斗和魯班尺的門徒像，寓意做人做事都要有規有矩。

從前香港未有人類開始居住時，被亞熱帶雨林所覆蓋，樹木葱葱。自元朝開始，馬鞍山伐林種植茶葉，後來十八世紀客家族群定居新界，讓樹木重回茂盛。

香港的林木可分為人工林、次生林、風水林，早年港英政府已立法管制砍伐，保護林區。香港的木材來源一直依賴外地進口，近年始有不少推廣環境保育的木業公司，如草途木研社、香港木庫、志記鎅木廠等，回收因不同原因塌下的本地樹木，設計成不同的藝術裝置及家具，亦開設木工興趣班，培訓木匠，讓木資源重生，回饋自然。

相片攝自堅尼地城的魯班先師廟。

樓梯舖 築起四方城

金發麻雀

📍| 紅磡寶其利街 2A-4 號

位於紅磡鬧市一幢唐樓
樓梯底的金發麻雀，
難以想像小小梯間舖，
曾擠住了店主何秀湄的一家六口。
同甘共苦，
獅子山下的一段
艱辛歲月是如此走來。

順德來港的湄姐父親，在中環威靈頓街勝泰隆麻雀舖學師，三年滿師，一年幫師，十九歲升做大掌櫃，十年後已可自立門戶，在一九六二年創辦金發麻雀，當時以兩年人工二千二百元頂手樓梯舖。湄姐自五歲起跟隨父親從山邊木屋遷入樓梯舖，不僅前舖後居，且是下舖上居，不足百呎的空間，住了一家六口，還有列祖列宗的神主牌。孩子們在小閣並排直躺，下鋪放一塊木板為床，如是者睡到天亮，天熱時還得拉一張尼龍床在大街上納涼入

店內一幀全家福，一家六口當年擠住在小小樓梯間。

睡。湄姐大半生都在樓梯舖度過，直至婚後才遷出樓梯間，時間一晃已是四十多年。

滄海桑田，紅磡已由海港變內陸，從船塢變花園。昔日六十年代時，舖外的數十檔售賣疋頭、芽菜的固定牌檔，和賣衣服、花卉、水果的流動小販，已紛紛隨歲月遠走。

樓梯間下的慢工細作

父親在地下舖面工作，小小姑娘在閣樓作壁上觀，從小就耳濡目染。年方十三歲，小學畢業後就跟舖頭的一個伙計黃氏拜師學藝，沒有繼續學業，但求一門餬口的手藝。初時為跑腿，花了四年掌握手藝，幫忙家業，一生樂此不倦。

一門工藝易學難精，湄姐指頭滿佈傷創舊痕，年輕時一股蠻勁，手起刀落，雕刀刺中手指，頓時皮破血流。湄姐最怕學用木鑽架，因架有鐵頂，一失平衡易被敲得頭破血流，須在鬆弛之間掌握節奏，心無旁騖地慢工細作。歲月有功，練就一雙巧手，成為香港首屈一指的

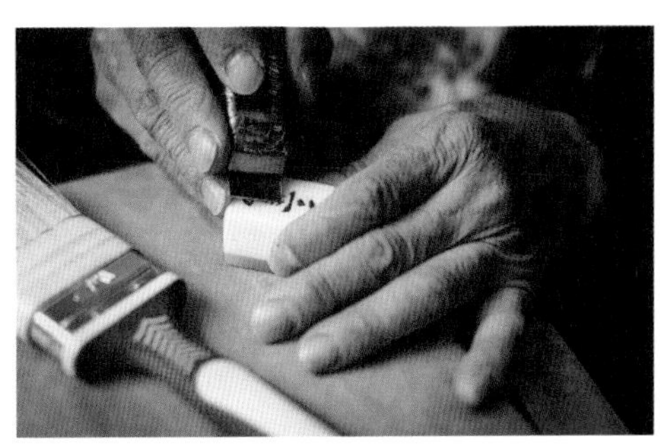

一筆一劃精工細琢的麻雀，每款的雕工各異。

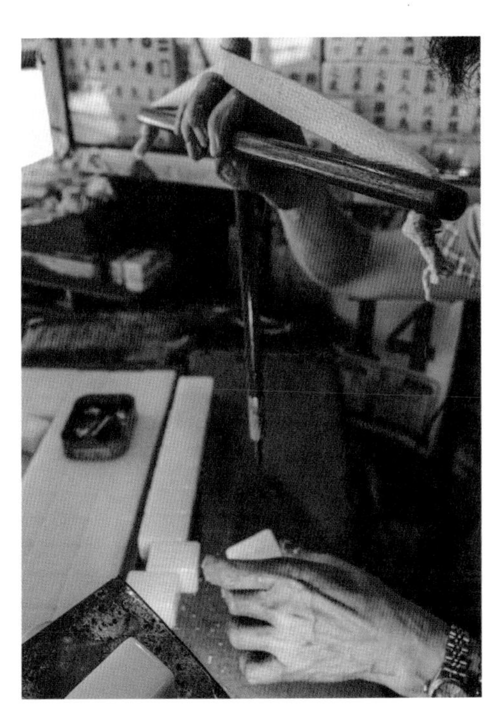

製作筒子專用的木鑽架。

「筒」需用以鐵尺改裝的筒子轉，以人手鎅成。

手雕麻雀師傅，是一部麻雀活字典。

以柔制剛　熟能生巧

麻雀的製作過程包括截牌、磨牌、雕刻及上色。性格硬朗的湄姐，製作麻雀的口訣是以柔制剛，縱工序繁複，但不假外求。店內不少人手自製的工具，例如製作筒子專用的木鑽架，外形像張開的弓，以純物理性操作，中間有橫軸，尾端是一個砣，另一端是刀片，利用中軸砣子的重量及布帶的回彈力，帶動中軸左右旋轉，刀片即可雕出規則的圓形。配合筒子轉使用，拉上拉下可輕易雕出圓形的筒子。

湄姐說製作「白板」、「萬」、「紅中」不必起稿，工多藝熟，已可直接雕刻。沿用中國「永字八法」的書法法則，「側、勒、努、趯、策、掠、啄、磔」，刀路之中保留筆路；而「花」指「春、夏、秋、冬」四季及「梅、蘭、菊、竹」四君子，從昔日的「琴、棋、書、畫、漁、樵、耕、讀」變化而來，不規則的文字和複雜圖案，只可用雕刻刀繪出。日子有

一座座四方城收納於樓梯舖內，每盒麻雀一百四十四隻，製作殊不容易。

多功能的燈箱，先以熱力烘軟亞加力膠材質的麻雀牌雕刻面，置在燈箱上以高溫軟化；同時也用來照明，以求看得仔細；最後用作上色後烘乾麻雀，加快製作速度。

雕刻後的二筒，以毛筆掃上油漆顏料。

不管多複雜的文字及圖案，都可用雕刻刀刻繪完成。

傳統麻雀牌以木、象牙或竹片為原材料，如今多用膠塑板。

麻雀是損耗品，日久會崩、變黃、褪色。敬惜一副麻雀，可以經年使用。

功，已可駕輕就熟，雕工細緻。麻雀雕成後，輕輕掃上滑石粉，然後逐隻以毛筆掃上油漆，以紅、藍、綠三色為主，先填上第一色，油漆風乾後再填第二色。秋冬風乾個多小時，春夏則半日，乾透後以鏟刀刮色，在牌面抹天拿水清走多餘顏色。

家家戶戶必備的玩物

昔日的士多會出租麻雀，每副一蚊幾毫，每逢打風落雨時，生意都應接不暇；家家戶戶不止一副麻雀，而是幾副備用，以轉換手氣；偶爾有客人前來購置單隻麻雀，原來是手風不順時一氣之下丟掉。缺一不可的麻雀牌，每一隻都彌足珍貴，修補或重新雕刻一隻替代，稱為「洗牌」。

手雕麻雀曾經風光一時，手機遊戲和通訊未普及時，桌上麻雀不只是娛樂，也是社交恩物。七十年代，香

配上自製刀片雕出圓形的筒子，一筒有個別的一筒轉。

港約有二十二間麻雀店，集中在油尖旺區，成行成市；至八十年代，麻雀開始用機器刻製，手雕麻雀沒落；九十年代起，香港的工廠轉移至內地，傳統麻雀被內地製的電動麻雀枱所取代。現今香港僅存約十間麻雀店，不足廿位麻雀雕刻師傅。路人匆匆，偶有問價者，但生意幾希。

湄姐有一個兒子，也寧願讓他在外打工，不捨他困於小小樓梯舖內。紅磡的舊區重建迫在眉睫，城市風貌的置換和取捨，此消彼長，何嘗不是一場方城之戰。金發麻雀這一道鬧市中的匠人風景，或終有一日會隨着收樓而換牌，屆時湄姐退休，或會偶爾與街坊戥腳耍樂，聯誼數圈，打牙骹度日。

金發麻雀除了將原來的木板門改裝成鐵閘，木櫃變成玻璃飾櫃外，樓梯舖大致循依舊格局，白底紅字的招牌，米黃磚地，綠水磨石扶手，室雅何需大的氣派。

麻雀牌製作技藝

麻雀又稱為麻將，是一種源自中國的棋牌類遊戲，透過置換和取捨的規則，拼湊特定組合的牌型取勝。麻雀的起源眾說紛紜，發源地一般有寧波與閩粵二說。牌章發展自明清時期，在晚清開始盛行，一直沿革變化，被稱作國粹。

麻雀並無統一牌式，大江南北之間的字牌與花牌差異頗大，規則也有分別。廣東牌、台灣牌、上海牌均各有特色，遠至日本及歐美也會隨着當地文化差異而互有不同，甚或因地制宜，例如新加坡牌有貓、老鼠、蜈蚣、雞等。

香港人大多玩廣東麻雀，牌分索、萬、筒、番和花，一盒共一百四十四隻。在八十年代前，本地流行手雕麻雀。傳統麻雀牌以木、象牙或竹片為原料，用料上乘，隨着科技進步及生態保育的原因，現已改用塑膠板。人手製作分多個步驟，包括切割原料、打磨、雕刻及上色，客人可自行選擇大小、材質及顏色。近年內地機器量產的自動麻雀枱銷售各地，價格廉宜，多為麻雀館選用，只有少部分零售街客仍珍視這一門精緻手藝，也有手雕麻雀店轉型，訂製特別款式及刻字，客人大多是崇尚東方文化的外地遊客。

昔日家家戶戶都有一副麻雀牌，即使家居狹逼的，也可到辦館士多租借耍玩。在麻雀枱上聚面，既是切磋，亦是聯誼。如今香港都市人生活繁忙，難以聚腳，加上隨科技進步，不少手機麻雀遊戲相繼推出，而年輕一代有更多日新月異的娛樂選擇，傳統的麻雀牌需求已越來越少。

時至今日，麻雀牌製作技藝已列入香港的非物質文化遺產名錄。家喻戶曉的麻雀，四人耍玩，是聯誼的恩物，閑時打幾圈有利社交解悶，更可明辨人品，牌品好，人品自然好。

參考資料

01 陳公哲著：《香港指南》。香港：商務印書館（香港）有限公司，2015 年。

02 高寶齡、區志堅、陳財喜、伍婉婷、司徒毅敏主編，文化力量策劃：《發現香港——非物質文化遺產在香港》。香港：中華書局（香港）有限公司，2019 年。

03 《飲食男女》編輯部著：《本土情味》。香港：飲食男女周刊有限公司，2020 年。

04 康樂及文化事務署：〈香港首份非物質文化遺產清單〉，2014 年。下載自康樂及文化事務署網站，2021 年 3 月 9 日。網址：https://www.lcsd.gov.hk/CE/Museum/ICHO/。

05 非物質文化遺產辦事處：〈香港非物質文化遺產資料庫〉，2018 年。下載自非物質文化遺產辦事處網站，2021 年 3 月 9 日。網址：https://www.hkichdb.gov.hk/。

香港遺美

HONG KONG REMINISCENCE:
DOCUMENT OF HONG KONG'S OLD STORES

香港老店記錄

Revised Edition 修訂版

作　　者 —— 林曉敏（Hiuman Lam）
責任編輯 —— 朱嘉敏、陳珈悠
裝幀設計及排版 —— 曦成製本（陳曦成、焦泳琪）、黃梓茵
校　　對 —— Amy Hon
印　　務 —— 劉漢舉

出　　版 —— 非凡出版
香港北角英皇道 499 號北角工業大廈 1 樓 B
電話　(852) 2137 2338
傳真　(852) 2713 8202
電子郵件　info@chunghwabook.com.hk
網址　http://www.chunghwabook.com.hk

香港發行 —— 香港聯合書刊物流有限公司
香港新界荃灣德士古道 220-248 號
荃灣工業中心 16 樓
電話　(852) 2150 2100
傳真　(852) 2407 3062
電子郵件　info@suplogistics.com.hk

印　　刷 —— 美雅印刷製本有限公司
香港觀塘榮業街 6 號海濱工業大廈 4 樓 A 室

版　　次 —— 2023 年 5 月初版
2024 年 2 月第二次所刷
© 2023 2024 非凡出版
規　　格 —— 16 開（220mm X 170mm）
國際書號 —— ISBN 978-988-8809-50-9

鳴　　謝 —— 主辦機構　香港出版總會
贊助機構　香港特別行政區政府「創意香港」

本出版物獲第一屆「想創你未來 —— 初創作家出版資助計劃」資助。該計劃由香港出版總會主辦，香港特別行政區政府「創意香港」贊助。

「想創你未來－初創作家出版資助計劃」免責聲明：
香港特別行政區政府創意香港僅為本項目提供資助，除此之外並無參與項目。在本刊物／活動內（或由項目小組成員）表達的任何意見、研究成果、結論或建議，均不代表香港特別行政區政府、商務及經濟發展局通訊及創意產業科、創意香港、創意智優計劃秘書處或創意智優計劃審核委員會的觀點。